Annie Ernaux

L'Usage de la photo
Annie Ernaux / Marc Marie

相片之用

著

[法] 安妮·埃尔诺/马克·马力

译

陆一琛

上海人民出版社

作者简介:

安妮·埃尔诺出生于法国利勒博纳，在诺曼底的伊沃托度过青年时代。持有现代文学国家教师资格证，曾在安纳西、蓬图瓦兹和国家远程教育中心教书。她住在瓦兹谷地区的塞尔吉。2022年获诺贝尔文学奖。

马克·马力1962年出生于布洛涅–比扬古，他的童年时代是在布鲁塞尔度过的。曾主修现代文学。在巴黎，他将自己的时间投注在写作、企业工作和新闻供稿上。他目前居住在诺曼底。

译者简介:

陆一琛，北京大学文学博士，巴黎索邦大学文学博士。苏州大学法文系副教授。主要研究方向为法国现当代文学、法国现当代文学与视觉艺术。译有《绿眼睛：杜拉斯与电影》等。

"安妮·埃尔诺作品集"
中文版序言

当我二十岁开始写作时，我认为文学的目的是改变现实的样貌，剥离其物质层面的东西，无论如何都不应该写人们所经历过的事情。比如，那时我认为我的家庭环境和我父母作为咖啡杂货店店主的职业，以及我所居住的平民街区的生活，都是"低于文学"的。同样，与我的身体和我作为一个女孩的经历（两年前遭受的一次性暴力）有关的一切，在我看来，如果没有得到升华，它们是不能进入文学的。然而，用我的第一部作品作为尝试，我失败了，它被出版商拒绝。有时我会想：幸好是这样。因为十年后，我对文学的看法已经不一样了。这是因为在此期间，我撞击到了现实。地下堕胎的现实，我负责家务、照顾两个孩子和从事一份教师工作的婚姻生活的现实，学识使我与之疏远的父亲的突然死亡的现实。我发觉，写作对我来说只能是这样：通过我所经历的，或者我在周遭世界所生活的和观察到的，把现实揭露出来。第一人称，"我"，自然而然地作为一种工具出现，它能够锻造记忆，捕捉和展现我们生活中难以察觉的东西。这个冒着风险说出一切的"我"，除了理解和分享之外，没有其他的顾虑。

我所写的书都是这种愿望的结果——把个体和私密的东西转化为一种可知可感的实体，可以让他人理解。这些书以不同的形式潜入身体、爱的激情、社会的羞耻、疾病、亲人的死亡这些共同经验中。与此同时，它们寻求改变社会和文化上的等级差异，质疑男性目光对世界的统治。通过这种方式，它们有助于实现我自己对文学的期许：带来更多的认知和更多的自由。

安妮·埃尔诺

2023 年 2 月

目 录

爱欲是对生命至死不渝的赞颂。

——乔治·巴塔耶

自我们交往之初，每当我醒来，看到未拾掇的晚餐餐桌，挪动过的桌椅和前一日傍晚我们发生关系时随意丢在地上、纠缠在一起的衣物时，我时常不觉入迷。那是每次都不重样的风景。我们不得不将衣物分开、拾起，这让我感到痛心。在我看来，这是在销毁性快感绝无仅有的客观印迹。

一天早上，M. 离开后，我才起身。下楼时，我注意到阳光里走廊地砖上散落的一件件外套和内衣，还有鞋，我感受到了痛苦，也感受到了美。我第一次想到应该把这一切都拍下来，这源于欲望和偶然但注定要消失的场景。我去拿我的相机。当我和 M. 说起我所做的事情，他直言不讳地告诉我，他也曾有过同样的想法。

此后，我们心照不宣地继续拍照，好像做爱还不够，我们仍需要将情爱场面遗留下来的物质化表征保存起来。有些照片是发生关系后立刻拍摄的，另一些是第二天上午拍下来的。后者最为感人。这些从我们身体上脱下来的衣物整个晚上都待在它们掉落的地方，保持着它们坠落时的姿势。它们是已然远去的快乐留下的遗骸。在白日的光线里再见到它们，无异于感知时间本身。

很快，我们感受到了某种好奇，甚至冲动，想要一起发现每次都不尽相同且无法预料的作品，并为它们拍照。这些作品中的元素——毛衣、长筒袜、鞋子——的组合遵循着不为人知的规则，以及我们全然没有察觉的动作和行为。

我们自发地恪守着一条规定：不去触碰衣物的布

局。对我来说，挪动一只浅口皮鞋或一件 T 恤的位置无异于改变我私密日记中的文字顺序，是个无法容忍的错误，也是损害我们性爱行为之真实性的方式。如果我们中有人不小心拾起了一件内衣，那么他不会为了拍照而将它放回去。

面对同一个场景，M. 往往会拍好几张照片，每次构图都不同，为的是捕捉到地面上散落着的全部衣物。我更希望是他掌镜。和他不同，我不经常拍照，目前为止我只在偶然的情况下漫不经心地使用相机。起初，他用的是我那台笨重的黑色三星相机，后来是他已去世的父亲用过的美能达相机。最后，一台小型的奥林巴斯相机取代了那台不乏瑕疵的三星。三台照相机都是银盐相机[*]。

———

[*] 正如在唱片领域，"黑胶唱片"有别于 CD，近年来出现的术语——银盐相机也是为了将其与数码相机区别开来，这预示着前者命定的终结，而后者则将取而代之。在我看来，这个术语似乎并不恰切，无法被用来指代相机，它在我眼里不过是台机器而已。——原注

这些影像拍摄完成之后，我们需要等上一周甚至好几周的时间——拍完这卷胶片的时间和拿去图片社冲洗的时间——才能看到照片。照片的观看遵循着某种仪式：

禁止取照片的一方打开照片袋

两人并排坐在沙发上，配上一杯酒，以唱片旋律作为背景音乐

一张一张地取出照片，一起观看

每次都是惊喜。我们一下子无法辨认出照片是在家中哪个房间拍摄的，也认不出照片上的衣物。这不再是我们目睹的场景，不再是我们想要保存下来的、转瞬即逝的景象，而是一幅常常有着华丽色彩和谜一般形状的奇特画作。好像夜间或上午的性爱行为——我们已经很难忆起具体日期——被具象化的同时也得到了美化。现在，该行为已然在别处，存在于某个神

秘的空间内。

　　数月间，我们仅满足于拍摄、观看和积攒相片。一天晚上，我们用餐时，循着相片来写作的念头突然出现了。我已经记不起谁第一个想到这个主意，但我们很快就确定彼此有着同样的欲望——赋之以形。仿佛我们此前认为足以留住爱情瞬间之痕迹的相片已然不够，还需要其他东西——写作。

　　在约莫四十张照片中，我们选了十四张，并相互约定各自就此进行自由写作，创作结束前不给对方看任何东西，甚至只字不提。从头到尾，我们都很严格地遵守这条规则。

　　除了一个例外。当我们开始拍摄这些照片时，我正在进行乳癌治疗。写作时，我很快感受到了提及"另一场景"的必要性：该场景正在我体内上演，尽管我的身体从未出现在任何照片上。这是一场生与死之间的模糊较量，令人惊愕——"这一切确实发生在我身上？"我将此事告诉了 M.。他也无法隐瞒，几个月间，这是我们关系中至关重要的部分。这是唯一一次我们提及各自"作品"（composition）的内容，我们自发地暂用"作品"一词来指称我们的创作计划，对我们而言，这些作品正符合这一双关语[1]的含义。

我无法准确说出我们这么做的价值和益处。从某种程度上而言，这属于将生活无度影像化的行为，该行为越来越成为这个时代的特征。无论是通过照片还是写作，我们总是企图赋予那些无法再现且转瞬即逝的高潮时刻以更多的真实感。在真实的痕迹中攫住不真实的性欲。然而，只有当这些被写下来的照片在读者的记忆或想象中转化为其他场景时，我们才能抵达最高程度的真实。

塞尔吉，2004 年 10 月 22 日

照片上，M. 站在那里，我们只能看到他一部分身体：灰色粗麻花毛线衣下摆——落至红棕色的浓密耻毛处——与大腿中部之间。他的内裤退到大腿处，那是条 DIM 牌的黑色阿罗裤，上面印着白色大写字母书写的品牌名称。侧拍的性器呈勃起状。闪光灯照亮了阴茎上的血管，使其前端那滴精液如珍珠一般闪耀。整张照片的右侧是书柜，勃起的阴茎在藏书上投下了阴影。我们可以看到很大字体书写的作者名和书名：列维-斯特劳斯，马丁·瓦尔泽，《卡桑德拉》《极端年代》。毛衣下缘有个洞。

2 月 11 日，我飞快地吃完午饭，拍下了这张照片。我记得房间里的阳光很强烈，我记得他的阴茎在光线里的样子。我当时需要乘坐区域快铁去巴黎，我们没有时间做爱。那张照片成了某种替代物。

我可以描写它，但我无法将其暴露于众目睽睽之下。

我意识到，从某种程度上而言，这帧照片正好与库尔贝的画作《世界的起源》相对应。很长时间以来，我只在杂志上见过这幅作品的照片。它与我二十三岁时目睹过的一个场景也有诸多类似之处。那是在罗马特米尼火车站，我当时正倚在火车车窗前吃着热狗，火车快要开了。在我正对面，另一侧站台上停着的那辆火车里，有个男人在粗暴地手淫，勃起的阴茎从裤子里露了出来，他的上半身被放下一半的百叶窗遮住了，那是头等座车厢。

2003 年 1 月 22 日至 23 日夜里，我第一次看见 M. 的性器，那是在我家入口处的走廊上，通向各个房间的楼梯下面。第一次看见对方的性器，揭开此前仍是未知之物的面纱，是难以置信的体验。我们是否将要和它一起生活，开启我们的故事。

我们一起去了在卢森堡公园旁边、位于塞尔万多尼街上的一家餐馆，他是那里的常客。当时，他刚刚和同居了几个月的女友分手。餐间，我对他说，"我想带您去趟威尼斯"，但又马上补充道："但这会儿我无法这么做，因为我患上了乳癌，下周就要在居里研究所动手术。"他没有表露出任何异样——无论是难以察觉的退缩，还是凝滞的表情，即便是那些受教育程度最高或者最克制的人，当他们听到我身患乳癌时都会不由自主地不安起来。只有当我告诉他我的新发型——他曾对此赞不绝口——是个假发套，而我自己的头发在化疗期间已经掉光了时，他才表现出些许惊慌。发现备受自己赏识之物是个假发，这或许令他感到失望，羞愧难当。

[现在，我感到对 M. 说出"我患有乳癌"这句话

时的方式很唐突，而在六十年代，我曾以同样的方式向一位信仰天主教的男孩说："我怀孕了，我要去堕胎"，为的是让他在没有任何时间作出防备、调整姿态的前提下陷入令人难以忍受的现实图景中。]

晚餐后，我们去了一家位于孔德街的夜店，那里几乎没什么人，入口处有尊大佛像。在某个时刻，正如我告诉他自己罹患癌症那样，他突然对我说："我真诚地邀请您来我下榻的酒店房间和我一起过夜。"我拒绝了，因为第二天早上我和麻醉师有约。相反，我提议他来我家。离开时，我们在佛像前的钵里放了一枚硬币。我们一起坐上了区域快铁。我对那段旅途没有任何记忆，除了一位衣着时髦的年轻黑人女性，她戴着耳机在我们身旁打电话，那是只有在和亲人、丈夫、母亲或孩子打电话时才有的争吵语气。

在床上，我没有脱掉假发，我不希望他看到我的光头。化疗的副作用使我私密处的毛发也掉光了。我腋窝旁的皮肤下面有个类似于啤酒瓶盖的凸起，那是治疗前期被置入我体内的导管*。

之后，他向我坦白，他看到我和小女孩一样的性器时很是惊讶。他从未听说过化疗会产生这样的影响，但谁又会说起呢，在这些事情发生在我身上之前，我对此也曾一无所知。那天晚上，他未曾察觉到我既没有睫毛也没有眉毛，这样的缺失使我的眼神变得异样，像蜡娃娃一般。

在某个时刻，他盯着我的胸部，问我患病的是否是左胸。我很惊讶，由于肿瘤的存在，右胸明显比左胸肿得更厉害。或许，他无法想象最美的那侧正是藏癌之处。

———
* 中心（静脉）导管或者"导管"就是在锁骨下方埋入颈静脉的细塑料管，该管与植入皮下的储药袋相连。每次化疗，为了引入可以摧毁癌细胞的物质，医生都会将其刺穿。我之所以精确地描述这个装置，是因为大部分人对此一无所知。此前，我也曾处于同样的无知中。——原注

六天后，为了做手术，我住进了居里研究所。我住院的那段时光很美好。医生切除了肿瘤和一些淋巴结。他们会对取出的这些组织进行分析，再决定后期是否有必要切除整个胸部。一连好几个小时，M. 都紧紧地抱着我。我们可以在护士和护工们的微笑中看到赞许。周六，下雪了。在病榻上，我可以看到雪白的屋顶，听到圣米歇尔大街上传来的喧嚣声，那是为了反对伊拉克战争而进行的示威游行。走廊里时常回荡着电梯停驻楼层时发出的清脆声响。在日记里，我写道，我感到无比幸福。

鉴于我完全光滑的身体，他称我为"我的美人鱼夫人"。我胸部上凸起的导管成了"赘生骨"。

在走廊里，2003 年 3 月 6 日

我生命中的那个阶段

进门处由浅色大块地砖铺成的整条走廊上到处散落着衣服和鞋。前景处，右侧是件红色套衫——或衬衣——和一件黑色无袖短套衫，它们看上去像是在被扯掉的同时还翻了过去。好似一尊袒胸露肩、被砍去了双臂的半身像。无袖短套衫上的白色标签很显眼。更远处是蜷缩成团的蓝色牛仔裤，上面扣着条黑色皮带。牛仔裤左侧是红色外衣的红色内衬，像粗麻布拖把一样摊开着。上面放着一条带有蓝色格纹的男士短衬裤和一件白色文胸，文胸的肩带朝着牛仔裤伸去。后方是一只倒向一侧的男士长筒靴，旁边是一只缩成团的蓝色袜子。一双黑色的薄底浅口皮鞋立在那里，两只鞋彼此之间离得很远，鞋的朝向摆成个直角。更远处，套衫或裙子构成的一团黑色从暖气片下方露了出来。另一侧，沿着墙边的是一小团无法辨认的黑白色衣物。画面最深处可以看到一个衣帽架，还有衣架上挂着的风衣下摆。闪光灯照亮了整个场景，使地砖和暖气片显得愈加亮白，也使侧放着的那只皮鞋闪着光泽。

在从一扇门的门框处拍摄的、同一场景的另一张照片上，我们可以看到另一只男鞋和另一只袜子，独自留在了楼梯的台阶前。

我试着用两种目光——过去的和当下的——来描写照片。我现在看到的并不是那天早晨早餐前我走下楼梯，行至入口处的走廊时所见到的场景，那时的我依旧怀有关于那天夜里微微湿润的记忆。乍看之下，这个场景中的某些元素无法辨识，拍摄地点也不是我日常生活的地方。在我眼里，地砖显得巨大，照片上的地方看起来也更宽敞。说实话，它对我而言既不陌生也不熟悉，仅是经历了尺寸上的形变而已，所有色彩也更加艳丽夺目。

我的第一反应是试图在这些事物的形状中寻找生命体，好像放在我面前的是张罗夏测验[2]的墨迹图，上面的色块已经被一件件外衣和内衣取代了。我已不再置身于足以激发我的情感以及那天早晨的拍摄欲望的现实之中。解读照片的是我的想象力，而不是记忆。我必须把照片放在一边，使其从我的视域中消失，为的是片刻之后，2003年春天的些许画面能以某种延迟回忆的方式浮现在我的脑海中。为的是思维本身可以开始运作。

我在日记里找到了照片拍摄的日期。3月6日，星期四，我写道："作品留在了走廊里，由我们四处散落、混作一团的衣物和鞋子构成，红色和黑色是其主色调。这很美。我拍了两张照片。"

现在，我似乎总想留住云雨过后满目疮痍之景的影像。我寻思自己为何没有更早想到将这样的场景拍摄下来。或者，为什么我从未向任何一个男人提议此事。或许，我觉得这里面隐约有着某种不光彩或可耻的东西。在某种意义上，拍摄 M. 的性器现在于我而言已经不那么淫荡或不可接受了。

又或许，我只能在我生命中的那个阶段，和那个男人做这件事。

好几年间，当我前往位于乌尔姆街的国家教学研究中心图书馆时，我见过位于正对面的居里研究所，以及与其毗邻的花园和玫瑰花。抵达居里研究所附近时，我往往会换一侧人行道继续走。我带着逃过一劫的心情猛地扎进教学研究中心。我暂时获救了。2002年10月3日上午，当我第一次越过居里研究所的玻璃门时，我想我的缓刑期已经结束了。我觉得乳癌必定会降临到我头上，就像所有只发生在女性身上的事情一样。即便我的母亲、（外）祖母、姑母姨母和表

（堂）姐妹们从未患过乳癌，我是家里的第一个，就像我曾是家里接受高等教育的第一人一样，这将由我开启。

我开始丢东西。我再也用不上的荷尔蒙替代疗法的药片，它们告诉我，我生命中最后一次例假是在八月底，而我当时并不知道那将是最后一次。一些文稿、笔记、课程资料、旧 X 光片，还有我很久没穿过的鞋和衣服。

购买十月那期的《嘉人》时，我得知十月是"乳腺癌月"。从某种程度上而言，我依旧是赶时髦的。我记起自己是为了前一年夏天的"性主题增刊"才购买这本杂志的。

我打电话给市政厅，想要购买一块墓地。工作人员问起了我的年龄。在七十岁之前，这是不可能的。接着，她想知道我为什么要购买墓地，"为将来做准备"，这句话把我逗乐了。无论如何，那也是将来。

我在互联网上查阅了无数个专门介绍乳癌的网站。

正如不久之前嫉妒的征兆一样，我处处能看到死亡的预兆：从乐华梅兰（Leroy Merlin）走出来时指示太平间方向的箭头，收到的小礼物里藏着的迷你摆钟，等等。

我对家务活的厌恶变得愈加彻底。事物的秩序和维护对我来说似乎比以前更荒谬了。我不应将死亡加诸死亡之上。

我买了两双鞋，两件羊绒套衫，我对自己说这是笔不菲的开支，就我的状况而言这是毫无用处的，但钱也一样无用。

一次，在奥贝尔地铁站，我从自动扶梯底部一位抱着孩子的茨冈女人面前经过，她朝着我伸出了一只手。我注意到她正在喂奶。她的乳房呈紫色。我折返回去，给了她一枚硬币。为了我自己的乳房。

我想起了薇奥莱特·勒杜克，我在她的一部传记中寻找她患上乳癌后活了多久：七年。这对写作来说应该够了。我试图寻找一种可以囊括我整个一生的文学形式。它还不存在。

在地铁或是银行，我端详着老年妇女们，她们深深的皱纹和下垂的眼皮，我对自己说"我永远也不会老"。这个想法并不悲伤，仅是令人诧异。我此前从未这样想过。

最令人震撼的地方就在于这一切如此直白。

第一次跨过居里研究所门槛时，我想起了但丁的话："进入此处者当舍去一切希望"。但在研究所里，我却感到置身于当下某个独一无二的理想之地，那里的人工作认真，面带微笑，给其他无助的人带去关怀和温柔。很快，从位于拉丁区中心的卢森堡站下车后，我下意识地循着指示图标所标识的路线，在所有——无论是为了上学、购物、恋爱约会还是旅游——相互交错的轨迹中，这一条属于癌症患者。

说出"我明天要化疗"这句话已经变得和上一年说"我要去理发"时一样自然。

走廊之作

看到照亮了整个场景的闪光灯，我就知道拍照片的是 A.。人工照明使我们无法知晓那是个晚上还是早晨。同样的，要不是照片背后的备注——<N°8> 又及：塞尔吉 2003 年 3 月，没有任何事物可以准确地给出拍摄的具体日期。很长时间以来，我一直以为是自己拍摄了这张照片，我确信自己才是该实践——云雨过后拍摄我们散落的衣物——的创始人。造成这种记忆扭曲的一个可能原因：几乎同时产生的、想要留住此前时光之痕迹的共同意愿。今天，告诉我这张照片是整个漫长系列的第一张，本身没有任何真实感。假使我们将全部相片铺在桌子上，这张并不比另一张更适合作为开篇。

我们的衣服散落在地砖上。除了那双依旧兀立在那里的薄底浅口皮鞋，前景和远景里到处都是 A. 的衣物，如此杂乱以至于我们只能辨认出一只白色的文胸。像这样被抛下的衣物环绕着我当年的"制服"：牛仔裤、长筒靴和红衬衣。它们将其包围起来。几乎环抱住它。

当我第一次看到这幅由织物组成的拼图时，我被这场面闪耀的美感攫住了。一条外翻着的裤腿，拧缩成团的三角内裤，半解开的束带，一切都向我诉说着那个动作和那个瞬间所具有的力量。画面上是斗争过的痕迹，性和暴力，激情波谱的东西两极都被聚拢在几平方米之内。

我本不想去触碰任何东西，让每样事物都待在原地。我们做爱之后，几小时过去了。随着时间——几夜、几周、几月——的流逝，我们对此保有的视觉记忆和其他同类型的记忆一起，最终构成了足以激起共鸣的模糊实体：在 A. 办公室里交欢的场景被我的回忆设定在了她的房间里；秋天一起听的某张唱片被我定位在了春天。或许为了在那一刻感到确信，我终有一天会忘记高潮时刻她脸上的表情，忘记她哼唱起广播里听到的歌曲时声音的变化，忘记她给我口交的方式以及她坐在我身上时身体的运动——所有这一切都是无法拍摄的——和她一样，我感受到了在胶片上将我们衣物所呈现出的确切布局——我们片刻前经历的切实见证固定下来的迫切需要。既不去触碰也不去移动任何事物。就像凶杀案后警察所做的那样。

一周又一周，照片越积越多。总共有好几十张。拍照从自发的行为变为一种仪式。但在拿回衣物的那一刻，在这种形式的和谐遭到破坏的那一瞬间，我总是感到心痛，好像我每次都在亵渎一片圣地的遗迹。在我们眼里，这可与艺术品伦美：其卓越之处不仅在于色彩之间的呼应，还在于不同织物之间的相互作用，仿佛它们只是暂时保持静止，正准备朝各自的方面蔓生，为的是使我们的举动永久地延续下去。罪恶不在于我们刚刚做了什么，而在于以之为对象的破坏行径。

后来，当我们看到最终冲洗好的照片时，我们想到了一个词为第一张照片命名：*走廊之作*。

阿米戈酒店，223 号房间

布鲁塞尔，3 月 10 日

形似"二战"后被剃光头的女性

在未铺好的床前，有张早餐桌，桌上放着咖啡壶、吐司，还有面包篮里的酥皮点心。床单上有一小团黑色——在居里研究所做手术前我的一位女性朋友送给我的真丝短袖衫，还有个红色的东西，或许是 M. 的衬衣。右侧，一朵朵红玫瑰插在花瓶里，深陷于阴影之下的花朵看上去几乎是黑色的。画面深处是一扇微微敞开的窗户。

这张照片摄于周一早晨，我们离开房间前不久。这并不是云雨之后的景象，它记录下的只是我们生活了三天的房间的影像，我们以后或许再也见不到它了，也想不起房间里的大部分细节。就像我几乎完全忘

了 1986 年 2 月我与 Z. 下榻同一家阿米戈酒店时所住
的房间——除了床相对于窗户和电视的位置——，应
该就在两个月后，我的母亲突然去世了。我第一次来
到这家酒店时，母亲还活着，这在我看来是那么不真
实。此间，我还有时间可以看到她，听到她的声音，
触摸到她；那时，我还没有失去凌驾于我之上的她。
我无法想象那段时光。或许因为 2001 年 M. 也曾下榻
同一家阿米戈酒店，那时的他悲伤至极，他的母亲在
三个月前去世了，我才无法想象在同一个地点，我的
母亲还活着，他的母亲却已经离世，而她们的死相隔
十四年之久。我身后，母亲的消失留下了如此宽广的
空白。

　　红玫瑰是周六下午他送给我的。他离开了一个多
小时，我想他应该是出去给那个女人打电话了，他已
经和她分手了。当我给他开门，看见他手里拿着花束
时，我为自己的疑虑感到羞愧，好像这两个动作——
打电话给另一个女人，给我送花——无法同时进行。

但他可能既打了电话，又买了花。

　　就在这个房间的浴室里，我第一次向他展示了我光秃秃的头顶。我们在一起已经七周了。他说这很适合我。他注意到我的头发又开始生长，一层细细的黑白色绒毛。我自己还没有注意到。

　　我见过第二次世界大战中被德军占领的土地获得解放时很多被剃光头的女性[3]的照片。一天，有人甚至邀请我为其中几张撰写评论，我答应了，但因资金问题这个计划并没有落实。现在，我看上去和她们很相似，这令我感到诧异。

　　两周内，我的头发就掉光了。一夜之间，它们像是变成了一根根硬刺，插在我紧绷着的头皮上。醒来时，它们一把一把地掉落，我开始把掉发收集起来，堆在一个大信封里。在完全秃顶之前，我去了一家位于丹尼艾拉-卡萨诺瓦街的"补发"商店。到店里时我才发现它对面就是那家酒店——1984 年春日的下午，我和一个男人在那里约会过好几次，在当时的我看来，那是一家供妓女使用的酒店。我选择了和我之前的发型很相似的一套假发：金色长发，赤褐色刘海。它像软帽一样轻而易举地就能完全套上，可以用梳子打理，在洗脸池里用洗发水就能清洗。对此，我完全有理由感到满意。起初，我担心假发看上去会很显眼，或是会被风吹掉。后来，我就忘记了。

尽管假发属于配饰 *，但它没有出现在任何一张照片上。即便在布鲁塞尔之行以后，我还是继续戴了很长时间，直到睡觉关灯时才摘下。我把它扔到床底下，一觉醒来，我就摸索着捡起它，并将它重新套回头上。

离开房间之前，我看着窗外的小广场，两条街从那里延伸开去，两侧是呈尖形的楼房，从焦点透视的

---

* 说实话，假发更多是癌症的标志，正如头巾是伊斯兰教的标志。这就是为什么继化疗和伊斯兰教的发展之后，两者都不再属于纯粹的女性潮流配饰。——原注

角度看去，两条路像一艘正在海上破浪前行的邮船一样向外敞开，这在如巴黎、罗马等欧洲大城市里很常见，但总是能触动我。我思忖着，我们是否还能一起重回布鲁塞尔。

酒店房间具有空间和时间双重意义上的易逝性，对我而言，这是最能感受到爱情伤痛的地方。同时，我始终认为在酒店里做爱不会带来严重后果，因为从某种程度上而言，在那里，我们谁都不是。出于同样的原因，在酒店里去世也许会更简单，就像帕韦泽[4]或是马克·潘塔尼[5]。

安妮·蓝妮克丝

我去安斯帕大街上买玫瑰花。那是个周六下午，天阴沉沉的，很凉爽。A. 留在酒店里，心绪不宁，或许在她的想象中，我想趁此机会去见一下 1 月 20 日那天分手的前女友。我知道她很不安，事实上，这并未让我感到不快，我知道自己将带回一大束花，这是自相识以来我第一次送花给她。

这些玫瑰花就在照片右侧的阴影里。房间的窗户朝向一个小广场，阿米戈酒店的入口就在那里。两年间，酒店完全变了样：镀金饰物和路易十五风格的室内装饰被某种以暗棕色为主的五十年代装饰风格取代了，这些色调让我想起童年时代德律风根牌的高保真音响。先前高高在上的天花板早已无迹可寻：为了达到降低层高、增加房间数量的目的，新业主——罗克福特酒店集团宁愿毁掉天花板的原有外观。在酒店大堂里，我们遇到的都是些商务人士，他们千人一面，彬彬有礼，圆滑世故。一楼酒吧的墙面上，作家们的亲笔签名照依旧占据着引人注目的位置。终极的残余。不合时宜。

周五，我们抵达布鲁塞尔。自那时起，我们就顶着瓢泼大雨游走在不同的地方：从于克勒区到布鲁塞尔证券交易所，从南法街到鸡市街，从大都会酒吧到德布罗基尔广场，一如我所熟知的那样，布鲁塞尔并无真正的敌意，不过是有些倔强。

我八岁时，父母离开了布鲁塞尔。那时，戴高乐刚刚去世。等到学年结束，我们的行李早已收拾好了。十二年后我才重回布鲁塞尔。这并不是个特别美好的回忆。很多泪水。然而，我回去的次数却越来越多。2000 年 11 月，我的母亲去世了。三个月后，正如条件反射一般，我又回到了布鲁塞尔。我和一个朋友同行。我当时还有点钱，所以我们下榻在阿米戈酒店。雨下个不停，寒冷的天气迫使我们不得不在餐厅一连待上好几个小时。我喝了很多酒。我们拍了些照片。后来，在巴黎时，我才拿到这些照片，那是自母亲去世后我第一次看到自己的脸，一张被击倒的拳击手的脸。

三个月以来，我没有回复吊唁信息。然而，一天晚上，我还是坐在了酒店房间的写字台前，给那位两年来一直和我保持不定期通信联系的女作家写了封信。那是封六七页的长信，在信中，我向她说起我无法向朋友们倾诉的事情：失去，空虚，一切事物的意义都消失了。回到巴黎后，我就收到了她的回复，面对标有阿米戈酒店的信纸抬头，她表现得尤为惊讶，1986年，就在获悉她母亲的死讯前不久，她曾入住该酒店。

不知不觉中，布鲁塞尔成了我们的共通点。重回布鲁塞尔，在那里开启我们的首次旅行似乎是理所当然的事情。

　　我尤为喜爱这张照片中的杂乱无章：我们刚刚吃完早餐，床单上褶痕明显，枕头也被翻动过。床上，书桌正前方的位置上放着的大概是 A. 的黑色真丝衬衣，在另外两张照片上，A. 就穿着这件衣服，还炫耀般地展示着她的假发。正是在这次旅途中她第一次向我展示了她的头顶，那上面已经长出了很短的头发。我认为这很适合她。她看上去像安妮·蓝妮克丝（Annie Lennox），当时，同名电影正在布鲁塞尔上映，几乎到处都能看到电影海报。我很喜欢抚摸她化疗之后新长出来的头发，那是一层极其柔软的绒毛，是重生。我告诉她，我希望她就这样出门，她终于可以摆脱人造假发套了，在这里她遇到熟人的概率微乎其微。但她以天冷为由拒绝了。

　　也正是在布鲁塞尔，我们拍了第一张合照。就像成千上万游客所做的那样，我们请一对恋人帮我们在大广场上拍照。照片取景欠佳。但我拳击手般的脸孔已经消失了。

　　回法国几天后，在一次争吵中，A. 会对我说："布鲁塞尔的幸福结束了。"

客厅里的鞋，3 月 15 日

一个秘密

这帧特写镜头引人注目：地板上，有只和第一张照片上一模一样的黑色马丁长筒靴，交叉的鞋带由钩子扣住，像大张的嘴巴打着哈欠。从鞋面和鞋舌上一道道明显的深褶痕可以看出，这是只旧鞋。鞋尖踩着一件已扭成团的、点缀有白色花纹的红色蕾丝文胸。解开的鞋带悬在文胸上方。鞋子后面是一条牛仔裤的裤腿，裤子上还系着皮带，皮带将浅麂皮色的方块标签一分为二，好像一块皮，上面或许还印着品牌名称。

闪光灯使靴子显得欲火难耐。想把它剪下，从相片中取出来，随便贴在哪里，作为男权统治的图解，而现实中，我和 M. 的关系与这张照片上的物体自主建构起来的场景完全不符。

　　无论在这张还是那张照片上，这双鞋带或多或少被解开的鞋子几乎总是在那里，鞋子大开的口像极了上个世纪幽默画中被鱼竿钓上来的鞋。这双 M. 最常穿的鞋磨损得厉害，已经变形了，这种系带方式使我们不得不中断一连串亲密动作将鞋脱去，欲望被迫延迟。挥之不去的是他被退到大腿中间的牛仔裤羁绊住的画面，和他努力要将鞋子一只一只脱去的画面。

　　激情过后被丢弃在地板上的所有衣物中，鞋子是最令人感动的。或是倒向一边，或是朝着相反方向立着，又或是浮在一块织物上，但两只鞋相互之间总是离得很远。出现在相片上时，它们之间的距离丈量着丢鞋动作的激烈程度。最常见的是孤零零的鞋，就像我们在停车场、人行道上看到的那样，我们想知道是谁丢弃了它们，为什么。与变成抽象形状的其他衣物不同，鞋子是相片上唯一保留身体部位形状的元素。在那一刻，鞋子最具在场感。它是最人性化的配饰。

在莫泊桑的一部短篇小说里，女仆坦白曾与农场主——她的主人上过床时，只说了句："我们把鞋（souliers）混在了一起。"现在，已经没人再用"souliers"[6]这个词了。终有一天，M. 和我，我们再也不会把鞋混在一起了。

一想到他开始就这些照片、这些夜晚的印迹进行写作，一种迄今为止从未有过的感受，一种智性和身体层面的兴奋感占据了我的内心。这是我们共享的秘密，某种全新的情欲实践。

在我看来，我们在一起能做的最好的事就是写作，既相互关联又彼此独立。有时，这也使我害怕。敞开写作空间比叉开腿还要粗暴。这般无意识的策略，或许已经在起作用了，为的是不给他任何空间。使词语和句子坚不可摧，使段落寸步不移，如磐石一般。童年时期，我的身体有时会变得和石头一样僵硬，房间的墙壁不断远离我而去。后来，上哲学课时我才知道这些症状属于精神分裂症，我感到诧异，但并不恐惧。

战　服

　　一只男鞋踩着一件文胸。不，更确切地说：男鞋用鞋尖碾压着文胸，我们几乎可以猜到照片背后的运动，鞋跟左右摇晃着，动作中带着愤怒和厌恶，那不再是一件胸罩，而是夏日的某个晚上，我们在厨房地板上踩死的胡蜂。鞋也不再是四年前我在雷阿勒商场一家店铺橱窗里看到的那双光滑无比的高帮皮鞋。从那以后，我一年要穿上三百天，我的朋友们无法想象我穿着其他鞋子，他们想知道这家伙是否真的有钱买双新鞋。鞋，靴，短统靴，低筒鞋，高帮皮鞋，当我提到它们时，我只说"我的靴子"。鞋皮已经磨损了，钩子上有些地方的黑漆褪色了，露出里层的黄铜。那双鞋就像这样，张着嘴，被丢弃在那里，它们就像

"镀镍脚"[7]里的游手好闲之徒在不走运的日子里坐在塞纳河边钓上来的鞋子一样，有着那种穷酸的优雅。

照片的象征性含义如此明显，以至于我们可以很合理地质疑拍摄情境的偶然性。然而，我忆起发现这个细节时我脸上浮现出的微笑，偶然而生的景象竟与我们习以为常的画面如此贴合：凭着黑色鞋底产生的简单而具有强制性的力量，男人迫使永恒的女性陷入沉默。鞋带散落在文胸的两侧，仿佛想要攫住它，让它旋转起来，重现它那轻盈的舞姿，在我解开它以及它掉落的那一瞬间。

那是右脚。用来射门的脚。我曾多次向 A. 吹嘘当受到侵犯时在男人裆部踹上一脚的作用。亚特兰大奥运会期间，我在蒙彼利埃买了第一款蒙塔纳鞋。一年后，我在最后一班火车上睡着了，这趟列车将把我带回住在瓦勒德瓦兹省的母亲那里。我在离家二十公里处的奥瑞城醒来。一辆出租车也没有。树林中央的火车站。铁路沿线没有一条公路，我在铁轨之间的石渣路上走了四个小时，时刻留意着夜间行驶在轨道上的货运列车的声音，我可不想死在它们的车轮之下。我穿着我的靴子，它们很结实，但对于我强迫它们接受的苦行，它们很不适应。我的靴子，一如最后的堡垒。我最害怕的就是被强暴，我也怕被打脸，尤其是仅以取乐为目的的无动机谋杀。那天夜里，我没有遇到任何人。母亲习惯了我的晚归，当我像乖孩子一样去睡觉时，她什么声音都没听到。第二天中午，我查看了下我的衣物，我的"战服"。鞋底已经磨穿，皮也磨破了："我的靴子完蛋了。"

A. 很高。数月间，我不愿她穿着平底鞋来见我。和她一起走在街上时，我总是试图走在人行道偏高的那侧，这样我就可以以一种保护者、主导者的姿态——显而易见的男性姿态——把手放在她的肩膀上，至今为止和我交往过的女性们让我如此习惯于穿上那套属于男人的、过时的行头：格子衬衫，为了看上去像个伐木工人；棒球帽，为了迎合美式风格；留了三天的胡子，为了更具男子气概；麻袋裤，为了显得很时髦；勒裆的紧身牛仔裤，但无法贴合我那几乎不存在的扁平臀。我屡屡试图变得不像自己，在这个过程中，只有我的靴子幸存了下来。只要我们准备好要云雨一番，就会出现事与愿违的结果：在半明半暗中解开整整四排钩子上的鞋带，瞬时的兴奋使我完全变得笨手笨脚，正是在这段时间里，兴奋感足以消退，使我的性器恢复常态。后来，无论在我位于巴黎的家中，还是在塞尔吉，我一进门的第一个动作就是换上无带低帮的轻便鞋。欲望的脆弱。应当一直穿得像易装者们一样：按扣、维可牢尼龙搭扣、拉链。

早晨的厨房，3 月 16 日，星期天

长　假

　　相片右侧是浅色实木橱柜，白色洗碗机。在上方的台面上，锃亮的洗碗槽两侧，有一些靠墙竖放着的托盘，一块砧板，各种电器，一瓶绿盖的消毒水，一瓶绿植肥料，一包伟嘉猫粮，鼓形热水壶酷似变速杆的黑色把手，一只生铁炖锅，一个装有食物的餐盘，一个打开的特百惠盒子，红色的盖子放在一旁，好像已经准备好装入餐盘中的剩菜，一块抹布。瓷砖地板上——五十年代风格的、蓝米色相间的棋盘格，从橱柜中被拿出来的垃圾桶就放在柜子旁边，垃圾桶装得满满的，最上面是榨橙汁留下的果皮。一摊深色的厚衣服在棋盘格样式的地砖上铺展开去，快要触到垃圾桶了，宛如一张熊皮。旁边是一只印了字的白色拖鞋。洗碗机底下是一小堆皱巴巴的内衣，红紫色，另一只拖鞋的脚尖踩在蓝白相间的碎布上。深色衣物堆后面是一把椅子，椅子摆放的位置很奇怪，与放着大微波炉的桌子成直角，仿佛有人把耳朵贴在上面，像收听广播一样倾听微波炉运作的声响。相片背景处，阳光从窗户照射进来，在熊皮上画出一道道明亮的刀痕。

同一场景的另一张竖版相片上，光线更为强烈，照亮了洗碗机、洗碗槽的左侧以及在那里放着的肥料瓶和消毒水瓶，将窗户又长又白亮的影子投射在了瓷砖上。

这里什么都没拾掇好，无论是残羹冷炙，还是爱情的痕迹。两种混乱。

我花了很长时间才辨认出我们的浴袍——他的是毛圈布质地，深绿色；我的是雪纺面料，深紫红色——和拖鞋上"阿米戈酒店"的字样。我再也想不起前一天晚上我们吃了什么，剩菜就在盘子里。我也忆不起我们的动作，我们的快感。

相片上没有任何清晨厨房里的气味：那混杂着咖啡、吐司和猫粮的气味，还有三月的气息。相片上没有任何声响：冰箱启动时发出的有规律的声音，或许还有邻居割草机的声音，驶向鲁瓦西机场的飞机的声音。相片上只有总是洒落在瓷砖上的阳光，垃圾桶里的橙子，消毒水的绿色瓶盖。所有照片都是沉默的，那些在晨光中拍摄的照片尤甚。

我靠着日记确定了照片拍摄的时间：美国进攻伊拉克之前的最后一个周日。所有人都在等待着这场蓄谋数月之久的战争。为了阻止战争，全世界数百万人列队游行，但战争继续推进，仿佛一片巨大的阴影，笼罩着被太阳炙烤的大地。我感到内疚，因为我参与反战活动的激烈程度不及1991年，我只在阳台上挂了条白布横幅，作为反对战争、支持和平主义立场的标志，这种做法在法国很少有人效仿，它唯一的作用也许就是让我成为邻居们眼中的疯子。

一天早晨，打开收音机，战争已经打响。这是种遥远的恐惧，只有通过和 M. 一起的经历我才能感受到的恐惧。天气炎热，阳光一如既往，我想"又是一个如此美丽的春天"。我摆脱了所有不得不做的事情，甚至写作，只为享受这段和 M. 在一起的经历。消磨时光。人生的长假。癌症的长假。

我终于有权推掉出于礼貌才接受的任务，有权不回复信件、邮件。当我拒绝一场辩论会或是读书会的邀请时，人们的坚持在我看来很放肆，近乎迫害。当然，只有涉及他们一无所知的疾病时，事情才会如此，要是我和他们明说了，他们肯定会找一连串借口。一想到他们会将我的拒绝归咎于任性，并将其视作个人耻辱——因此他们首先想到的是他们自己——反倒会显得我很难对付。我已受够了他人的自尊心。我触不可及。

关于我患癌的事情，我只告诉了很少人。我不想要那种同情心，它每次出现都无法掩盖显而易见的事情：对于人们而言，我变成了另一个人。在他们眼里，我读到了自己来日的缺席。他们没有料到的是我看到了他们的死亡，和我的一样确凿无疑。我比他们有优势，深谙此事的优势。

一天，他对我说："你患癌只是为了就此写作而已。"我觉得，从某种意义上而言，他是对的，但至今为止，我仍未下定决心。只有当我开始书写这些照片时我才能够这么做。仿佛相片的书写使癌症的书写成为可能。两者之间存在某种关联。

从另一种意义上而言，他错了。我不指望生活给我带来写作的题材，但求它赋予写作以未知的结构。这种想法——"我只想写只有我才能写出来的文本"——意味着文本自身的形式源自我生活的现实。我原本永远无法预见我们正在写作的文本。它确实来自生活。相反，照片下方以诸多碎片形式呈现的书写将被当时仍不为人知的、由 M. 执笔书写的片段打碎，这使我受益良多，尤其赋予了我以极简的方式叙述该现实的机会。

和 平

相较于衣物本身，光线更令我感到震撼。从厨房窗子里透出来的光。一块单色银幕，上面播放着发生在 2003 年年初的所有标志性事件。我们第一次一起过夜，第二天早晨，A. 向我展示了她挂在房子外墙上——她房间阳台下方——的白色床单，那是为了反对美国即将在伊拉克进行的军事行动。这面因恶劣天气而变了形的旗虽看着有点可怜但很显眼，它俯视着河谷，其下方仅坐落着一幢全新的豪宅。当时，我心想，人们应该会认为她是这个人与人之间互不交谈的资产阶级街区里的女激进分子。五月初，我们才动身前往威尼斯。在威尼斯，无论是华丽的宅邸还是最为简陋的房屋，它们的阳台上都飘扬着一面面五色旗，所有旗帜上都被划去了同一个词"PACE"。和平。在威尼斯，我不再暗笑四个月前我眼中那个看似怪诞的举动了。

我们的衣服藏在阴影里，几乎很难辨识，除了阿米戈酒店的拖鞋。残羹冷炙，微波炉左侧的面包篮和上面的橙子，装满果皮的垃圾桶，洗碗槽水龙头后垂直放置的托盘，开盖的特百惠盒子，不过只是日常生活的诠释，我们共进早餐后留下的痕迹，其背后隐藏着最重要的东西：我们之间持续不断的交谈，便携式收音机里月复一月地散布着另一套陈词滥调——3月6日美国参战，六千米高空的轰炸，巴格达的陷落，第一波袭击。我们爱情的另一端是暴行，仿佛外面的世界总是在那里，在厨房的窗户后头。

塞尔吉的厨房。我最喜欢的房间。因为清晨贪婪啃噬着地砖的阳光。因为 A. 准备晚餐时的一举一动。因为在这里，我第一次提议帮她削土豆皮，一想到这些意味着共同生活的开始，我就感到不知所措，这让我又想起曾经试图通过微不足道的行为融入广为社会所接受、认可的模式，即"夫妻"——A.厌恶这个概念，而我对此既心动又反感——，一无所获的失败尝试。因为趁她在灶前忙碌时看着她的臀部所带来的快感，但也会因为这些时刻所感受到的大男子主义和淫欲而无地自容。因为从另一个房间里传到我们耳中的音乐，尽管音响开到最大，但乐声仍因走廊而变形。因为基奥——统治着整个宅子的母猫——经常走的那条路，它从半开的窗子跳下来，用尽全力落在厨房台面上，仿佛是放映之夜登上影节宫台阶的女演员，它同样是为了自己应得的犒赏：生鸡肉片和血红色的禽类肝脏。因为那些夜晚，苍白的月色舔舐着地面，进而笼罩整个底层。还有其他更富悲剧色彩的因素，深夜里的骂架，就在那些时刻，我们再也无法理解彼此，倚坐在洗碗机上因失眠而满脸倦容的我们为了某个时刻、一句指责而相互诋毁，也为了对方的嫉妒、怠慢或冷漠而互相责备，说到底，我们仅仅是想用语言暴力、通过伤人的话来争斗，性或许是最终极的交流方式。

塞尔吉，它的厨房，它的那些暖气过热的房间，它的孤独，这个小宇宙使我同时远离了被认为是微不足道的时事——伊拉克战争——以及我刚刚走出的那段生活中最新近的波澜。我和 A. 相遇之前的那次分手尽管给我们前几个月的交往蒙上了阴影，但今天经由这些相片看来，它却宛如某种形式的史前史，也为某种偶然性奠定了基础，而正是这种偶然性将我引向她，引向她的床，引向我们哽咽争吵时的嘴脸，引向那些具有启示性意义的早晨。醒来发现自己一丝不挂，或是素面朝天，满嘴口气，眼角处挂着眼屎，这让人受不了：要么就以回家的约定为目的冲向浴室，要么就留下来吃早餐。

在书房，4 月 5 日

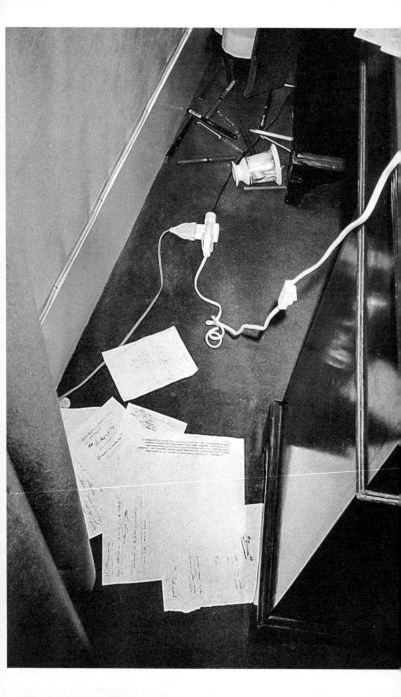

为了怎样的启示

前景中，墙面的白色踢脚板和书桌垂直的隔板之间是类似于狭窄绿化带的地毯，地毯上是掉落在地的几张纸，纸上满是笔迹，散乱地相互叠在一起。有张纸的一半已经滑到了书桌下面。更远一些的地方有个多孔插座，那里连着三条电线，两条贴着地面，另一条向上连接着书桌台面上一盏（相片上）不可见的台灯，线路上还有几处打着螺旋。画面最深处散落着十来支各种颜色的自来水毡笔和铅笔，笔头朝向各个方向，像彩色游戏棒一样交叠在一起，旁边是被打翻的笔筒，这些笔原本就装在笔筒里。显然，这些东西全都是从书桌上掉落的，它们原本就被放置在那里。

这组照片共三张，是同一个晚上在同一个房间里拍摄的，这是其中的一张。和其他两张展示散乱衣物场景的照片不同，这张照片只拍摄了我们无意间导致的、从书桌上掉落的物品。此前，我们曾在奥维尔镇的拉乌客栈，凡·高临终时待过的房间楼下共进晚餐。客人们刚刚吃完炖了五个小时、入口即化的羊腿和腻滑的巧克力慕斯，当时的老板就会习惯性地盛情邀请他们免费参观那个房间。

开到最大的钨卤灯加上闪光灯使纸张的白色愈加显眼，让人可以隐约看到字行的布局，涂改的痕迹，以及用更深色的墨水添加上去的字迹。我想要看清楚上面写了什么。我总是试图解读所有相片和明信片上出现的任何形式的文字，无论是广告、书封还是报纸。作为时间的标记，文字比其余事物更真实。有一张摄于战前的照片，照片上有我盛装打扮的父亲，一位初领圣体的陌生女孩以及一位女童，我知道后者就是六岁时我夭折的姐姐，照片上还有一堵墙，墙面上贴着张海报，我辨认出海报上用大字书写的标题，**高昂的**

生活成本——加薪——40 小时工作制。

  这张相片上，无论我多努力，即便用上放大镜，都无法辨认出纸张上的字迹。

  我已经不记得当时自己在写些什么。确定的是我们拍摄这张照片的那个晚上，假使说我不得不在与 M. 做爱和保存好那些纸张之间做出选择，我并没有优先选择后者。

  我想"他让我活在癌症之上。"

  交往之初的一天夜里，我们并排躺着，无法入睡。提及他离开的那个女人时，他问道"你认为我已经对她无动于衷了吗?"我从床上起身，下楼，走进了厨房。第二天下午，我需要去居里研究所，两周前给我做手术的外科医生会告诉我只切除肿瘤是否足够，是否有必要切除整个乳房。凌晨两点，坐在厨房的椅子上，我对自己说，那一刻 M. 带给我的痛苦甚于生死未卜的惶然。

　　在我看来，和我交往过的所有男人都曾是获得某
种启示的方式，每次得到的启示都不同。对我而言，
离开一个男人很难，与其说是出于纯粹的生理需求，
不如说这源自一种求知欲。对于什么的求知欲，我
无法说明。我还不清楚我遇到 M. 是为了获得怎样的
启示。

神　坛

　　所有掉落下来的物品都是她办公桌上的：一堆
A.用来做笔记的纸，更远处是个瓷杯，周围散落着原
本装在杯中的有色笔和铅笔，像彩色游戏棒一样堆在地
上。我们在书桌上做爱，使得桌上大部分东西都掉了下
来。我即刻就想将此场景拍下来："神坛"之劫。一月，
当 A.带我去她家里时，我理所当然地认为她不会允许
我进入这个地方。她没有这么做。这个房间和其他房间
一样，房间里有书柜、家庭照片、电话机。窗外是些高
大的树木，看不到远景，没有任何干扰因素。然而，我
却像是被书房本身所吸引，无法抗拒。不是因为她很大
一部分作品是在这里创作完成的，而是因为在我看来这
里的家具很适宜写作。几天后，她住院期间的一个晚

上，我在书桌前坐下，给她写信，也为了"试试感觉如何"。没有任何感觉。只是一想到第二天可以把我写的信交给她，我就很高兴。外面下着雪，我父母的房子在二十公里远的地方，潮湿且没有暖气，更远处是独自留在居里研究所的 A.。晚上八点，探视结束。护士和护工们都向我投来赞许的目光，在她们看来，我们是对令人动容的年轻夫妻。

几周来，我看到她书桌上的浅绿色文件袋总是放在同一个地方，里面藏有她正在写作的东西。我也总能看到她作品的手写原稿，就排列在书柜的最下面。我从来没有翻阅过。我甚至从未想过这么做。尽管如此，那天晚上——拍摄这张照片的那一晚，我很高兴她一时间忘记了自己在社会上享有盛名的原因，我很高兴染污了——或许在我之前她已经这么做了——这个神圣的空间：光着屁股坐在书桌上面，观看着我们的手臂和大腿破坏这个空间的景象，暂时将对于那一刻而言不再有任何价值的东西抛在脑后。

　　若是将照片放大，我们或许可以辨认出散落在地毯各处的纸张上 A. 的字迹。我们会在纸张上找到什么？草草记下的笔记？一次报告会上，瓦朗斯法国文化中心主任曾在报告厅放映过一段长达十来分钟的报道，整部短片均在塞尔吉拍摄，是"作家故事"系列活动的组成部分，并于 2000 年 6 月在法国播出。在报道中，我们尤其可以注意到正在书桌旁写作的 A.，只要涉及展示居家环境中的作家，此类场景必不可少，好像他们是某种濒危动物似的。我想起 A. 的不安：这样被投映到大屏幕上，以至于人们可以看到她当时正在书写的内容——一小段离题的文字，尤其为了表达尽快结束这一套式化场景的欲望。摄像师和电视观众们总是喜欢那些被他们称为"特别"的时刻：坐在小酒馆桌前的魏尔伦，面前放着一杯苦艾酒；自称正在总统办公室里研读最重要文件的肯尼迪，与此同时，小约翰正好溜到椭圆形办公桌下面玩耍，仅是因为他还是个孩子，而且办公桌的高度正合适。

红披肩，4 月 12 或 20 日

如污迹一般

　　一件又大又重的浅木色家具——照片上，我们只能看到家具紧闭着的几扇门的下缘——脚下有一堆混杂在一起、色彩各异的衣物，一半在木地板上，另一半在地毯上。旁边是一张椅子，被推到了离相片上不可见的桌子很远的地方，一条很大的红色披肩从椅子上垂落下来。面向它的是另一张同样被搬离了桌子的椅子。

　　地毯上，放着披肩的椅子脚下，有一只饰有绑带、做工精致的黑色尖头凉鞋，鞋头是闭合的，脚跟露在外面——这应是四月的一天晚上，天气已经如此暖和了——，另一只凉鞋在很远处的地板上，仿佛跨过了那堆衣物。前景处，M.的那只大鞋敞开着，另一只与地板上的凉鞋呈直角。在那堆杂乱的衣物里，浅色调和深色调相交叠，我想我认出了一件 M. 的蓝色衬衣，一条黑色半裙，一双里朝外翻过来的黑丝袜，上面的白色三角形衬料很显眼，M. 的米色长裤也全翻了过来，露出了背面，还有他的蓝色袜子和 DIM 牌镶白条的黑色阿罗裤。这些衣物是否时髦，昂贵或是廉价，已无关紧要。就像在静物画中，只有形状和色彩才重要，披肩的褶皱，袜子的蓝色与衬衣的蓝色相对位，阿罗裤的白色腰带与黑鞋的皮内衬相呼应。

家具的稳固与坚实，地毯和地板木条勾勒出的清晰线条，沉重、有序且一成不变之物与地面上残骸的杂乱与脆弱形成鲜明反差，突显场面的易逝，一拍完照片，我们不得不像往常一样在刹那间将这场景一扫而空。

一位名叫妮农·B. 的女士给我寄来四张 1970 年时在同一个客厅里拍摄的照片，当时她还住在这里，后来这便成了我的房子。相片上，她的女儿穿着芭蕾舞短裙优雅地在金色扶手椅间翩翩起舞。我认出了木地板。和那张有披肩的相片上完全一致。因此，三十年前那位少女翩翩起舞的地方正是我们赤裸着熟睡的地方，我们睡在散落的衣物之间，完全不在意舒适与否，就像玩累了的小猫，无论在哪里，躺下就能睡着。在我未曾试图舍弃的所有信仰中，有这样一条：房子保留着在其内发生过的事件的记忆。为什么不呢。按照《世界报》上一篇文章的说法，一些遗传学家确信女性子宫保留着其孕育过的所有胎儿的印迹，无论是成功出生的，还是夭折流产的。

拍摄这张照片时，我正在帮 M. 清理他父母的房子。这个将要被出售的房子位于维列勒贝勒市，深藏在被芦苇秆遮蔽的花园后头，既狭小又阴暗，像个墓冢。M. 的母亲于 2000 年离世，自 M. 父亲去世后的十五年间，她的母亲没有丢弃任何东西，房子也一直保持着原样。墙面上满是书籍，柜子里满是衣物。

M. 母亲的裙子、西服、大衣都挂在衣架上，一件件紧紧地贴在一起，上面依旧满溢着喷得过多的古龙水的香气，混杂着整个房屋的气息——炭木以及任何暖气都难以驱散的潮湿墙壁的气味。我站在跟前，不敢触碰任何东西。这是一个女人的多重形象，鲜活生动，我与她素不相识，只见过她的照片，还有眼前的一切，她的裙子、手提包、鞋。M. 似乎也同样无法触碰这些东西。我们将所有衣物留在了原地，只带走了物品和书籍。

现在，通过不停地帮 M. 一起分拣属于她母亲的东西并将其归类收纳在纸箱里，她的烹饪和园艺类书籍，她最喜欢的作家——柯莱特的作品，房屋里的日用织物、缝纫和作画用品，我觉得尽管从未见过她本人，但依然有种似曾相识的确信。更令人困惑的是，我感觉她也认识我。

我意识到我为相片所着迷，正如自孩提时代起我总是被污迹所吸引：床单或是扔在走道里的旧床垫上的血迹、精液痕迹、尿渍；嵌入木质冷餐台上的酒渍或食物残迹；旧时信纸上的咖啡渍或油腻腻的指印。最具物质性的有机污渍。我意识到我对写作有着同样的期待。我希望词语像那些我们无法去除的污迹一样。

我听说科索沃有个习俗，新婚的吉卜赛人会展示初夜的床单，他们试图用血和精液在床单上创作一些图案。宾客们争抢床单，并在上面涂抹上血和酒，由此创作出其他作品。我想知道他们是否会用相机拍下这些作品。

偶然的旁观者

红披肩是夜里披着的那条，塞尔吉的夜晚总是有点凉。右侧是一张相片上看不到的圆桌。当我们选择不外出就餐时，我们就在这张桌子上吃晚饭。自第一夜起，我们就分配好了时间，就此而言，这又是仪式的一部分。仿佛我们在一起的时间屈指可数。像是为了创造一连串完美时刻——客厅小桌上的开胃酒，晚餐的准备，桌布、餐具、烛台的摆放，红酒的选择——，在这些小气泡里，我们各自生活中的悲剧将被淡化并禁止暂留。一个气泡接一个气泡，死亡最终还是让步了。死亡算不上固执。然而，然而……

1月20日，我同时离开了我的女友、我的公寓和作为商务助理的那份工作，并在圣日耳曼大街上的一家酒店租了个房间。我父母的房子已无法居住，锅炉在霜冻的作用下爆炸了。自一月初以来，巴黎的天气异常寒冷。我对自己说，我就在这里小住几天。我开始冬眠。为了将约会时间提前，我给本应在下周见面的 A. 打了通电话。我们约在 1 月 22 日。就从那时起，一切突然发生了变化，我至今仍无法确切地知晓其缘由，我也从未真正地试图重新思考这些原因，因为这段太过波折、令人心绪不宁的时光是在无意识的状态下度过的。因此，我和这位很漂亮的女士一起共进晚餐，当我们享用餐前菜时，她告诉我她得了癌症。当时，一切如常，但在我看来，正是从那一刻起，我们自然而然地创造了属于我们的第一个气泡，在这个气泡里，疾病不仅没有被排除在外，而是一下子就与气泡融为一体。数月间，我们三人——死亡、A. 和我生活在同一个屋檐下。我们的同伴无孔不入。它永久地窃取了在场权，它就在 A. 化疗期间贴在肚子上的药袋里，在她锁骨下的导管里，在她因放疗而略微焦化的

乳头上，在她发黑的牙龈边缘，在她如今已失去全部
毛发的整个身体上，在她蜡黄的脸色上，好似格雷万
蜡像馆里的蜡人像，那种统一的色调，我一生中只见
过一次——在位于圣父街的医学院八楼那些有待解剖
的尸体上。死亡咄咄逼人，但却无力触及我们的爱情。
我知道，爱情战胜死亡的古老传说太过美好，让人难
以置信，但事实就是如此。而死亡依然在那里。A. 的
头发又重新长了出来，但手术之后要等五年才能确定
是否"有幸摆脱病痛"。

尽管我们的相遇令人难以置信，但我们关系的存
续也同样如此。我常常想——尤其当潮水退去，我们
久久地漫步在特鲁维尔海滩时——我们不应该在这里，
无论是我还是她。我看着这个走在我身旁、满脸笑意
的女人，如此生气勃勃，她的出生曾有赖于她姐姐的
离世，后者曾一度命悬一线。这是种奇怪的感觉。好
似失重的幽灵，偶然的旁观者。

4 月 17 日的厨房

三百万个乳房

又一次在厨房。黄灰双色的棋盘格地砖几乎占据了整张照片，地砖上是散落成四个不规则小堆的衣物。前景处最大的那堆衣物覆盖了6×5块方砖的面积，里头有一条半裙，一件外翻过来、露出亮色衬里的灰色女士西服外套——外套下面是一件蓝色衬衣。衬里褶痕中央有三个凹陷的空洞，让人联想起防毒面具。那只司空见惯的马丁靴倒在一侧。地砖上，从这堆衣物下方露出一只修长但扭曲的深灰色长筒袜腿。马丁靴旁是里朝上被轻轻平放在地面上的文胸罩杯，上面饰有花样图案，还有一条有着同样花式的三角裤。右侧更高处，红色的那一小堆衣物是一件袖子被折叠起来的套衫。左侧是一条系着腰带的牛仔裤，开口处被一件 T 恤衫填满。另一只马丁靴就在那里，向一侧翻倒过去。一只孤零零的袜子。画面最深处，位于老式缝纫机两条桌腿之间的是一个扎紧口的小垃圾袋和一个玫瑰红葡萄酒空瓶。

这是一张早晨的照片，没有太阳。我的日记里写着，"今天早上，厨房里的享乐"。

在所有相片上，我们的衣服——女士西服、衬衣散落在地上，露出我们几乎从未注意到的东西：标注着洗涤建议的标签、衬里、连袜裤裆部的三角形衬布。欲望的迫切使我们在丢下衣物时无视其受损和被弄脏的风险，不顾忌它们的售价：暂时不算计任何东西。它们完成了诱惑的使命，并预见了自己日后的功用，被当作擦亮家具或皮鞋的抹布。

（我听到了母亲的话，"这孩子什么都不算计"[8]和"邋遢鬼"。小时候常听到的话，那个年代衣物匮乏，送条裙子作礼物是件大事。）

拍摄这张照片时，我的右侧乳房和乳下沟因被钴灼伤而变成了棕色，为了精准标识放射线照射的区域和部位，我的皮肤上画有蓝色十字记号和红色线条。与此同时，医生给我开具的术后化疗方案与术前的不同，每隔三周，我需要一连五天都穿戴着一套可笑的装束，夜里也一样：我的腰间有一条腰带和一个腰包，包里有个装着化疗药品、形似奶瓶的塑料瓶。瓶子里伸出一根纤细的透明塑料细带，一直上升到两个乳房之间，直至锁骨下方，细带末端的针头插入导管后被胶布完全封住。一段段固定胶布使细带紧贴着我的皮肤，在皮肤热量的作用下，药物不断上涌，流入我的血管。鉴于肚子前方有个腰包，我无法完全扣上我的外套或大衣，且很难将从毛衣下方穿出来的细带隐藏起来。赤身裸体时，我的皮腰带、毒药瓶，我身上各种颜色的标记以及胸前流动着药物的细带，令我看上去活像一个外星生物。

我再也无法确定当自己拥有这样的身体时还拍摄

了哪些照片。但这并不影响我们做爱。他明说道："你不是个正经的癌症患者。"

假若我参考老弥撒经本上的祈祷语，"关于善用疾病"，那么在我看来，这是我能赋予癌症的最佳用途。

数月间，我的身体曾是粗暴作业的剧场。

化疗期间，我开心地将自己的身体比作洗碗机，"程序"持续时间——一小时至一小时三十分钟——和结束时加入"漂清产品"让人不得不这么想。身体上的变化也从未停止：秃顶、全身脱毛、疤痕，手术几周后，腋窝凹陷处长出了类似大橙子的东西，里面装满了淋巴液，迫使我一直抬着手臂，使其远离躯干。后来，头发重新长了出来，又细又卷，毛发也长了回来，像个快要经历青春期的少女。我的嗅觉变得尤为灵敏，我在远处就能嗅到各种气味，甚至是平日里最不易察觉的气味。它们仿佛变得触手可及。这是个发现，我很高兴能像只母狗一样（靠嗅觉）感受世界。一日，在 Y. 城的养老院，我前去探望我最后一个姑母，于我而言，我似乎能看见那种气味——食物和尿液的气味混杂着哈喇味，如蜡质涂层一般贴在那些聚集在电视前的男男女女脸上，我本可以触碰到它。

一切都不可怕。我兢兢业业地履行着患癌者的任务，并将曾经发生在我身体上的一切视作一种体验。[我寻思着，不将生活与写作分开，正如我所做的，难道不意味着自发地将这种体验转化为描写。]

在蓬图瓦兹诊所的放疗候诊大厅里，我看到有本《费加罗夫人》一直放在那里，杂志封面上有位身着薄纱连衣裙、裸露着胸部的女孩。上面还用大写字母写着**"敢于裸露你自己！"**在法国，11% 的女性曾罹患或正患有乳癌。三百多万女性。三百万个曾被缝合，被扫描，被用红、蓝色图案标记，被（放射线等）照射，被重建的乳房，它们被藏在了衬衣和 T 恤里，无法被看见。确实，终有一天，我们必须敢于展示它们。[书写我的乳房与这种展露行为无异。]

我想带您去威尼斯

相片上有地砖的几何元素、景深和清晨的阳光，鉴于照片是竖拍的，其主要内容——我们的衣物——几乎全部都在镜头里。看到这些，无法不去回想我拍摄这张照片的那个月，那时我正巧搬到圣马丁郊区街。在这个简装的两居室里，唯一的装饰性元素就是客厅墙上那幅乔治·德·基里科的画作《红塔》的复制品。画面上有座城堡主塔，塔脚下延伸开去的是一片除了些许细节外近乎空旷的空间。当然，我本可以把这幅画暂时存放在地下室或另外一个房间，但日复一日面对着这幅画的想法并不令我反感。当 A. 帮助我打开那些纸箱时，她告诉我这幅画的原作在威尼斯。自那时起，我知道我们下个月将去威尼斯，于是便将这幅画视作 1 月 22 日与 A. 共进晚餐时她明确表达的某种欲望的投射，我们刚刚相识那会儿，她曾对我说："我想带您去威尼斯。"从她口中以如此自然的方式被说出来的这句话触动了我。那一刻，我想象着旅途期间，同行的两个人一旦就位，便会不可避免地试图吸引对方。我们已不再是这种程度了。在威尼斯，我们就睡在了一张床上。首先是空间狭小的马可尼酒店，我们仍不清楚《背包客指南》为什么会推荐这家酒店；后来，也许是得益于某个预约的取消，我们住进了多尔索杜罗区一家安静的民宿。

《红塔》在佩吉-古根海姆美术馆一楼最里面的一个展厅里展出。和巴黎的复制品大小一样。但颗粒质地却不同。于我而言，自那天起，——还有别的与A.相关的原因，多亏了她的才华我才得以发现并爱上她的威尼斯，那个远离里亚托、圣马可和哈里酒吧周边的威尼斯——，这幅画便和我们的照片之间建立起了某种牢不可破的关联，后者试图在同样的空间内使本质上无法被限定的时刻变得更为统一。

"坐"在地板上的牛仔裤，
5月24或31日

当我拍照时

客厅里，朝向走廊的那扇敞开着的门旁边。

木质地板上，墙面与地毯的流苏边之间有张写字台，写字台脚下是一条塌下去的牛仔裤，两条伸长的裤腿朝前摆着。解开的黑色皮腰带依然挂在腰间，环绕并维持着不在场的腹部的形状。旁边是一条红白图案的男士平角裤，还有一摊黑色的衣物，无法说清楚它是 M. 的还是我的。

我们只能看到墙面下缘的踢脚板，上面有薄片剥落的痕迹，踢脚板上方是一段狭窄且紧绷的蓝色墙布——最底部可以看到固定墙布的规则性压痕，墙布上还嵌着一个方形的电源插孔板。

那条保持坐姿的牛仔裤看上去还像一根从地板上

冒出来的树干，伸着两只手臂。掉落的衣物维持着人类的姿势，从这里面溢出的生命令人毛骨悚然。电影《畸形人》里的怪物。M. 身体的空形状。

　　孩提时代听过的所有关于战争的故事中，最可怕的那个讲述了一场轰炸过后，加油站旁只剩下某个残疾男人的轮椅。

　　我们好不容易将威尼斯之旅安插在两次化疗之间，三周后，我们拍下了这张照片。一天下午，我们坐电梯登上了圣乔治·马焦雷岛的钟楼。在场的游客们纷纷下去了，只有我们俩还留在那里。从我们相拥的地方放眼望去，可以看到正下方圣乔治修道院的回廊和内花园。我脱掉了文胸，将其从 T 恤下面取出来，扔向空中，盼望着它落在修道院里。它在空中飘了良久，被微风吹向了相反方向。这是世界上可以观看到的最优雅的场面之一。后来，我们再也看不见它了。之后，在电梯里，面对着那个整日一边读着圣诗一边操作电梯的和尚，我们禁不住狂笑起来。到了下面，M. 就寻找起文胸掉落的位置。他在码头一处荒无人烟的地方找到了它，并将它留在了那里。

当我想起那次威尼斯之旅时，文胸在圣乔治修道院周围徐徐飘舞的画面总是浮现在我脑海中。尽管骄阳似火，我们不停地走在小巷子里，沿着扎泰雷大道，在某种流动着的存在中，与房屋跃动着的外墙和大海令人炫目的光泽融为一体。窗户上挂着反对伊拉克战争的橙、红色横幅，上面用大写字母写着"PACE（和平）"。在圣米歇尔公墓，人们用小石子来打篮球，以将石子投进垃圾桶为乐。一天晚上，我们推开了哈里酒吧的门，此前我从未有勇气进去过。所有顾客的目光都转向我们，带着百无聊赖之人窥伺新面孔时的贪婪。我们逃走了，一到外面便大笑起来。在酒店房间里，我给一身七十年代摇滚歌星打扮的 M. 拍照，他光着膀子，带着我的假发套和蝶形墨镜。

某天，我曾想："癌症应该成为和过去的肺结核同样浪漫的疾病。"

自开始书写这些相片以来，我们陷入了某种对相片的贪念中。我们不断地想给彼此"照相"[9]：在餐桌旁用餐时，在早晨醒来时。正如一种加速的失去。照片的增多意在避免失去，却反而令我们感受到失去的不可挽回。

相机的咔嚓声诡异地刺激着欲望，迫使我们走得很远。当我拍照时，相机的操作，变焦镜头的调整特别令人兴奋，好像我有个阳具一样——我想很多女性都有过这种感受。相机的咔嚓声带来的快感每次都会使我的大脑颤抖起来。无法同时用大脑感受愉悦的人或许没有体验过真正的高潮。（要是以前，我肯定会用未完成过去时书写这些，那是除去了已完结或声称已完结事物的时态。）

待 售

几乎所有的照片都放在一个独一无二的地方——塞尔吉。如果把这些照片聚到一起，人们可能会认为它们摄于同一天。它们看上去像是犯罪科的照片：我们的身体因不明原因而消失得无影无踪，仅留下了那些衣物。

人们开始扮演起调查员的角色。他们自己丢弃了衣物？如果是这样，那是为什么？有人强迫他们这么做吗？他们什么时候——被迫消失前还是消失后——被剥去了衣物？行凶者们是谁？他们是如何处理尸体的？

但这张照片上只有我的衣服：一条黑色牛仔裤，一件同样颜色的衬衣，我那条带小图案的粉色平角短裤。裤子好像嵌进了地板里，要么就是它刚刚从地里长出来。考虑到裤子的架势和形状，肯定不是我自己脱下来的。我感觉自己像一下子——如脱下手套一般——被剥了皮的兔子。第一次看见兔子被剥皮时我应该还不到十岁。那是在北郊某个小镇上的独立住宅区。七十年代初，对于当时的我而言，大巴黎地区看上去依旧和乡村一样。在此之前，我一直居住在一些首都城市。自孩提时代起，我们的邻居就认识我的母亲。现在他已经退休了，他的大部分时间都倾注在了菜园种植、家禽养殖和家兔棚子上。我此前从未见过活兔子。更没见过死兔子。他向我展示了如何用前臂在兔子颈背处一击致命。然后，如何给兔子剥皮。无论如何，在我家里，我们是不吃兔肉的。我们吃的是马肉，几乎每晚都吃。腱子肉或嫩腿肉。我们去城里唯一一家马肉铺——杜维尔杰家买肉。这对夫妻身强力壮，看上去就像屠夫。我常常陪着父亲去买菜，声称去帮他一把，实际上是因为我迷上了杜维尔杰夫人，她宽大的胯骨藏在血迹斑斑的罩衫里头，我幻想着抚摸她那丰满的臀部，哪怕只有十秒钟。马肉最终还是过时了。肉价上涨了。我父母开始吃猪肉和牛肉。杜维尔杰一家搬到了养兔子的邻居家后面，并开始对我们白眼相看。第二年，他们转让了肉铺，卖掉了房子，回到了布列塔尼。

后来，有一天，那个邻居去世了。他的夫人依旧住在那幢房子里，兔子都跑掉了。不久之后，她也去世了，他们的孩子们卖掉了房子。当时正值八十年代初，乡镇人口开始大批外流。街上"待售"的牌子越来越多。旧铁路线让位于区域快铁，火车站旁边的商铺被保险公司、职业中介所和房产中介收购了。

轮到我了，我不得不卖掉父母的房子。这张照片大约是在那个时候拍摄的。我像 A. 处理她母亲衣物时那样，留下了我母亲的一条裙子，一件衬衣，一条丝巾和一双长筒袜，并将其存放在一个包里，我偶尔会打开这个包，仅是因为那气味——混杂着霉味的炭木香气和薰衣草古龙水的味道——可以使我体验到那种悲喜交集的感觉，仿佛猝然间又回到了母亲依然活着的那段时光中。

一天，我们去了 Y. 城，并在他父母经营的咖啡馆-杂货铺旧址前停了下来，她在那里长大。房子正在出售。一个年轻人从里面走了出来，他将我们误认为买主。A. 不大愿意进去参观，但我们依然进去了。我在房子里找到了她曾在书中提到过的一些细节。我很清楚她的感受。从某种意义上而言，自此以后我们算是平等了。

那条缺失了身体的裤子，就有点类似于那个房子，几个房间，一把扶手椅，几堵墙，一间厨房，一具空壳。在外人眼里，那不过是些痕迹。而我们，我们恰恰能在那里看到不可见的事物：之前、其间和之后不久发生的事情。

白色穆勒鞋，6 月初

一两首歌

在客厅的会客区，早晨的阳光依旧倾洒在这片夜间的景象上。相片左边是从侧面拍摄的沙发主体，上面覆盖着橙色的缎纹布，右边的蓝色地毯上有一张茶几，镀金桌腿，雕有螺旋形纹路。画面最深处是一扇打开的落地窗下缘，还可以看到阳台上的方格地砖，一张藤桌的桌腿。落地窗两侧是书柜最底层的那几排书，相片上几乎看不到，还有午夜蓝色的窗帘下摆。在这令人眼花缭乱的背景上，几件衣服聚成了脆弱的小堆。夏日轻薄的衣物：沙发上，有件看上去像黑色衬衣或T恤的衣服，一块花里胡哨的布沿着坐垫滑落下来；地毯上，一条相同料子的连衣裙或半裙，和一条米色的裤子缠绕在一起。两只白色高跟穆勒鞋正走向沙发。稍远处是一双浅栗色的无带低帮皮鞋，左脚鞋踩在右脚鞋的上面，就像课堂上的中学生们拧着腿思考作业的样子。桌子上放着一些相片上难以辨认的报纸、一个烟灰缸和一杯半满的白葡萄酒。扶手护套从沙发上掉了下来。

一张照片里总有一处让人挪不开眼的细节，比其他细节更令人感动：白色的标签、在地砖上蜿蜒前行的长筒袜，卷成团状的袜子，孤零零的，罩杯被平放在地板上的文胸，像橱窗里被展出的那样。而这张照片里就是落地窗前的白色穆勒鞋。夏日的炎热已提前到来，接踵而至的这个夏天将会成为"最难耐的酷暑"，三伏过后，成千上万老人将去世，周日都有人下葬，但当时那只不过是很久都没见过的美妙夏日。在白色的天空下，世界各处都闪烁着光芒，不真实感，如往常一样，夏日的炎热让人提不起精神。

我们将在屋外吃晚餐，我会踩着那双白色的穆勒鞋，在音量调至最大的电台音乐声中，异常轻盈地走下通向花园的楼梯台阶，心里想着这"又是个如此美好的夏天"。因为于我而言，"夏天"这个词里承载着所有的美丽、希望和悲伤，那些标题里带有"夏天"的电影都令我感到忧伤，《和莫妮卡共度的夏天》《她只跳了一夏的舞》《1942年夏天》。就法语中用来指涉夏天的词而言，夏天好像总是以完结的方式被体验，"夏天"（l'été）只可能"曾经存在过"（avoir été）。我惊叹于自己竟能如此幸福，我感到回到了十八岁，那个必须尽情、尽快地体验一切的年纪，仿佛秋天到来时我将不再年轻。花园里，透过敞开的窗户，我们可以听到布莱恩·费瑞、艾尔顿·约翰、博尔纳雷夫和披头士乐队的歌曲。

白色穆勒鞋停止了前行的步伐，音乐声戛然而止。

我们故事里的每个季节都以一两首歌为标志，当时我们还不知道哪首歌——是这首而不是另一首——将以始终不渝的方式承载并凝缩着接下来那一连串难以捕捉的时光。

冬日里曾有：

威廉·舍勒的《一个幸福的人》

阿兰·苏雄的《生活一文不值》

春日里曾有：

艾尔顿·约翰的《那个人》

菲奥娜·艾波的《我知道》

夏日里有：

布莱恩·费瑞的《这些愚蠢的事》

秋日里曾有：

阿尔·芒格的《我会把手伸过去》(但不是因为 M.)

艾尔顿·约翰的《今夜》

另一个冬季里曾有：

　　玛哈莉亚·杰克逊的《上层房间》

　　克里斯蒂娜·阿奎莱拉的《内心的声音》

　　这些歌曲将会一直和 M. 联系在一起，正如其他歌曲对我而言总是和其他男人联系在一起，对他而言总是和其他女人联系在一起一样。我们应该非常嫉妒那些歌曲。我只要在购物中心或是理发馆里偶然听到它们中间的一首歌，便能重新回到——不是精确的某一天——某段绵延的时光中，那时天空和气温的变化，世界性事件的纷杂，日常路径和习惯性行为的重复，从早餐到地铁站台旁的等待，都如小说一般融进漫长且又独一无二的一天中，寒冷或炙热，阴暗或明媚，都被仅有的一种感受染上了颜色——幸福或者不幸。

　　任何一张照片都无法呈现时间的绵延。它将时间禁锢在瞬息之中。歌曲侵入过去，而照片却是终结。歌曲是时光的幸福感受，而照片却呈现时光的悲凉。

过去，我常常会想，人们或许仅仅用歌曲和照片就能讲述自己的整个人生。

［我是否会想起一首与这篇文字的写作相关联的歌曲？苦寻无果，在我看来，任何一首歌都不具有这样的记忆功能。没有任何一首歌能让我这么说："这是我写作《空衣橱》或《简单的激情》时的那首歌曲。"于我而言，写作是一切感觉的悬置，除了写作本身创造和激发的那些感觉。］

酷 暑

那是个早晨。桌子上还有前一晚的残迹：肯定被装满了的烟灰缸，一杯半满的白葡萄酒，那副也许是我们开始脱衣时就被我扔在那里的小型带框眼镜。那块大理石桌面上留有一位近视的吸烟者准备做爱时第一波动作的缩影：掐灭烟头，摘掉他戴着的老式圆框眼镜，然而没有了眼镜，他将无法欣赏到整个场景。我们的鞋子表明我们已进入了另一个气候区，白色穆勒鞋是 A. 的，无带低帮皮鞋是我的。相片里看不到任何袜子。画面最深处，窗户边上是我那条全棉的轻薄布袋裤。布袋裤前面是天气炎热时 A. 经常穿的那条半裙或那套轻薄面料套装的上衣。因此，那天天气应该很热。三月底以来，天气一直酷热难耐。我意识到自己之所以能如此准确地知晓具体日期，仅仅是因为书展，我曾陪着 A. 去签名。我又回想起我们在照片背景处可以看到的那个阳台上的场景：那是个周日，一想到我们不得不穿衣打扮，开四十公里路，一路上吸着柏油马路的气味和剂量不小的二氧化碳，为的是接着在马约门地铁站那里找个停车位，并从那里坐地铁到凡尔赛门，我们就只有一个愿望：享受阳光和瓦兹河的美景，不去那里。我们自觉像极了那些为了不参加历史地理测验，拼命找借口的中学生。在我看来，我的记忆力很不可靠，但凭着 A. 接受的少之又少却不得不完成的任务和应邀参加的旅行，我便能按照事件发生的顺序重新排列好这些照片。

我们并不是依据审美标准来选择照片的，在我们看来，所有入选的照片都代表着我们故事的某个时刻，每张照片上都有一个占主导地位的细节：这张相片上既不是沙发布料、地毯与 A. 那天晚上所穿的套装在色彩上的协调，也不是我的那双鞋，尽管鞋子与茶几（老式琴凳?）的色调极为契合，而是那双穆勒鞋，鞋体的白色十分惹眼。它们一前一后地相随，宛若在行走。那天晚上，我们没有在室内吃晚饭，而是在花园里。尽管这双鞋似乎正朝向沙发走去，但在我的印象中更为常见的是它们走下楼梯的画面。楼梯通向被我称为"密室"[10]的房间，房间墙壁上覆有软木壁纸，但对我而言这只是个门厅，便于我们夏日时在草坪上享用晚餐。

落地窗的两侧是客厅书架的最前端。从整体上看，从左往右依次是法国文学、外国文学、社会学。所有书籍按照字母表顺序排列。看到此场景时，我就想知道，面对这些按照市政图书馆标准排列的书籍，我们如何体会到一丁点儿翻找书籍的乐趣。在我和我父母的家里，书都是按相似性或主题罗列的，托马斯·曼离普鲁斯特不远，菲茨杰拉德紧挨着赫尔曼·黑塞。时间久了，加上我常常去塞尔吉，我逐渐习惯了这种排列方式。但我的大部分书仍然搁置在纸箱里，我不知道我自己的"理想文学空间"将由哪些书构成。

卧室，5 月底 6 月初

不可见的场景

这张相片空落落的，整个画面几乎被一块浅绿色的地毯所覆盖，吸尘器经过时在上面留下了朝向各不相同的印迹。光线来自一扇相片上看不见的窗户，给画面笼罩上了一汪白色。画面深处，在这片乳状的绿色海面上，有一扇敞开的门，开口处有一堆深色的衣物，衣物堆中央是两团浅色的色块，旁边还有一双岔开的男式无带低帮皮鞋，其中一只还踩在一件蓝色的衣物上。左侧前景处，白色缎纹床罩的巨大下摆垂落下来，形成一些褶痕，好似帷幕。床罩下面有两条混在一起的围巾，一条花里胡哨，另一条只有两种颜色。还有一条蜷成团的米色围巾无精打采地从床上垂下来，宛如一条粗绳。

相片上衣物的组合各不相同。每次都是独一无二的构造——无须影像，显而易见[11]，我们对其成因和规则一无所知。也许，自然正源自上帝消失后残存下来的欲望，是他巨大的高潮后留下的遗迹，而他自己却湮灭在由此引发的宇宙大爆炸中。也许，世界起源时遵循着同样的原则：使众生处于无休止的对抗之中。

照片上看不到我们的身体。看不到我们做爱的场面。不可见的场景。不可见场景之痛。摄影之痛。它曾想要的并不是眼下可见的场景。摄影狂热的意义。它是个洞，从那里我们可以窥见时间与虚无散发出来的恒定之光。一切摄影都是形而上学的。

《约翰福音》里讲到，耶稣去世后，抹大拉的玛丽亚前去看望，发现耶稣的墓是空的。墓中只剩下一块块包裹尸体的布，放在地上，还有一块包裹耶稣头部的裹尸布，*non cum linteaminibus positum, sed separatim involutum in unum locum*[12]，没有和其他裹尸布放在一起，而是单独叠好，放在另一个地方。

几个月前的冬天，我们去了蒙帕纳斯公墓，并来到 M. 祖父母的墓前。当时所有的石板都被积雪覆盖着，M. 不确定面前的墓是否属于他的祖父母。为了看清楚名字，他试图用手扫除积雪，但石板被冻住了。我找寻着我们身上带着的可以用来除冰的东西。最有效的方法或许是在上面撒泡尿，但这种事情让人很难接受。M. 最终使用了他钥匙扣上的刀刃。他祖父的名和姓开始显露出来，路易·马力，然后是他祖母的名字，玛蒂尔德·马力。我想象着自己的名字被刻在那块石板上。我能很清楚地看到，但这并不真实。

当我凝视着我们的照片时，我看到的是自己身体的消失。然而，对我来说，重要的并不是双手与面容的消失，也不是再无法行走、吃饭和做爱。而是思想的消失。好几次，我对自己说，倘若我的思想能够在别处继续，生死将不足介怀。

M. 去年说的那句话："你总想那样去写作，仿佛
写完之后就会死去，现在好了，你正处于这样的境遇
中，我的宝贝。"他指的是两年前我在一本书里写过的
一句话。我确实在这样的境遇里，但这并没有改变任
何事情，当我写作时，我忘记了自己将会死去。相信
真理只在死亡时刻到来，这的确是种错觉。因此，我
的（写作）姿态是错误的。

如何思考我的死亡。以死亡的物理形式——尸体、
冷冰冰且沉默无言，以及随之而来的腐败分解——来
思考，这对我而言既无关紧要又毫无用处，我很确信：
死亡以这样的形式发生。我曾经目睹过。但如何思考
我的不存在。不可避免的是，我是个存在于时间中的
身体。我无法设想自己出离时间。等待着我们的一切
都是无法想象的。但，正是这样，以后将不再有等待。

也不再有记忆。(两年前，地铁里的这则广告："我们很少能忆起自己的晚年"。)

我现在明白，只有一件事情可以解释所有科学研究、哲学研究以及艺术存在的合理性，那就是不知道何为虚无。假使虚无的阴影不是以这样或那样的方式萦绕着写作，那么即便是最认同世界之美的写作，于世人而言，都不具有真正的效用。《费德尔》《忏悔录》第六卷、《包法利夫人》《追忆似水年华》《恶心》、巴赫和莫扎特的音乐、华托和席勒的画作中都有这个阴影。

居　里

相片上色调的一致——白色的床罩，白色的墙面，浅绿色的地毯——将卧室变成一个非物质性空间。我在那里看到的不再是我们经历的痕迹，而是我们的缺席，甚至我们的死亡。花花绿绿的丝巾堆像个匍匐前行的怪兽，在床底下筑了巢。我们的衣物集中在门的开口处，仿佛被一只无形的手抓住了一般。

5月24日，医生取掉了 A. 的最后一个化疗袋。那是个逝去的章节，随之远去的还有拍摄第一波照片的时光，其中的每一张都与拍摄照片之前的那段时光紧紧相连。

四个月前，我第一次陪 A. 前往居里研究所，她需要在那里接受肿瘤切除手术。就在手术前，我们去奥德翁的家乐福喝了一杯，好像什么事儿也没有。我很清楚她需要在全身麻醉的状态下接受手术，而外科手术成功与否关系到她的性命，因而也决定着我们之间的关系，我们并排走在乌尔姆街上，我牵着她的手，用欢快的语调相互调侃着。因遇见彼此而激起的孩童般的热情取代了对悲剧性的欲求，尽管社会化的个体似乎不得不屈从于这种欲念。在毫无计划的情况下，我们开启了一段脱离了日常轨迹的时光，一段终点不明的旅程。在研究所门口，我对自己说，我会在前台和 A. 告别，然后离开，因为我在那里无事可做。然而，我们却没有分开。她填写了入院表格，有人告诉她应该去几楼，我就跟着她。直至那间可以看见屋顶的病房。

之后，我没有任何记忆，只记得和她待在一起，直至日暮时分：病房里，无论是我的存在，还是她的存在，似乎一切都理所应当。第二天，她接受了手术。日复一日，我乘坐区域快铁，在卢森堡站下车，随后步行走完余下的路。我很熟悉沿途的街道、商店和餐馆，午餐时分，那里总是挤满了在附近工作的人。圣雅克街和盖-吕萨克街转角处有个果蔬店，路过那里时，我总要怀疑地瞥上一眼招牌，上面写着我的姓氏。来之前，我总会提前告诉她。当我走进病房时，她总是戴着假发，但在塞尔吉度过的头几个夜晚，我曾有过数次机会可以感受到她的脑袋贴近我的脸颊时那种光滑的触感。我们谈笑风生，还提到了我送给她的那本马茨涅夫写的书。周六，积雪覆盖了屋顶。我们一起欣赏着这片景象，而我却不想知道她的感受。那一刻，我们存在于当下。

我们是否会怀念完全受制于死亡的某个时刻？这便是这张照片向我诉说的内容，它标志着在居里研究所里度过的幸福时光已经过去。

布鲁塞尔，埃克兰斯酒店，
125 房间，10 月 6 日

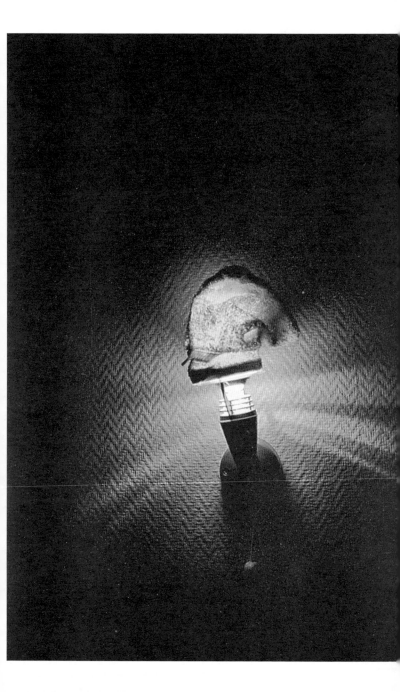

但她很丑！

黑色背景上有个奇怪的绿色圆形物体，物体周围一片黑暗，它身上有斑点，还带个支架，散发着黄色的光。它看上去像个怪里怪气的毒蘑菇，因为菌盖延伸部分有块又短又厚、类似赘生物的东西，像被切断的性器。又像个火星人，头上顶着个不明器官，或许被用作天线，它居于高处某个能照亮黑夜的飞行器上。

事实上，那是一盏很普通的床头灯，灯泡上被扣了一个漱口杯，漱口杯上还套着一只垂向一侧的浴用毛巾布手套。我再也无法说清究竟是杯子还是手套使灯泡呈现出绿色。这个房间的照明太刺眼，我们只想到了这个办法，可以使灯泡散发出来的光更为柔和，真正的死亡之光。

这是自六月底以来做爱后拍摄的第一张照片。七月至十月间一张照片也没有。M. 常常离开，前往卡尔斯鲁厄、蒙彼利埃和毛里塔尼亚。我怀疑他有别的女人。但由于天气太热，我们几乎没什么衣物可脱，这或许才是没有拍摄照片的原因。

两个月前，我的癌症治疗就已结束，我的头发又长了五厘米。我们在布鲁塞尔度过了三天，在此期间，天几乎不停地下着雨，还刮着冰冷的风。我们回到了撒尿小童雕像附近的波切内尔凯德咖啡馆，那里有两位顾客正坐在面对着吧台的长凳上喝酒，他们一动不动，这让我们愈发好奇，直到我们发现那是两个假人，他们的脸是蜡做的。

在一家老唱片店里，我认出了埃迪特·皮亚芙45转唱片的蓝色封皮，十六岁时我曾因《一日情人》这首歌购买过那张唱片。后来，我开始鄙视所有那些无法进入"优质歌曲"之列的歌，于是便将那张 45 转唱片送人或转卖了。那天，在布鲁塞尔的那家唱片店里，我想要拥有它，不是为了《一日情人》——听过太多遍了，对我而言，歌里的情感已然耗尽——而是为了蓝色的唱片封皮和唱片中另一首我先前已经完全遗忘了的歌，《突现一道山谷》。M. 将它买下送给了我。

10 月 7 日，他断言："我交往过的女人中从未有过你这样（激进）的女权主义者。差远了。"我并未要求他发表评论。仿佛我们一下子变成了互不相识的陌生人。说到底，我不清楚不做女权主义者是怎样的感觉，我也不知道那些从未被男人们视作女权主义者的女性如何对待男人。

同月，当我打开一本属于 M. 的书时，我碰巧看见了一张年轻女人的照片，身旁还有位小女孩和另一位更年长的女性。过了一阵子，我才意识到那位年轻女性是 M. 的前任伴侣。我们在一起之初，M. 谈论起她时曾对我说："她身材很好，但脸长得不怎么样。"看到这张照片，我的第一反应是获胜的喜悦，我仔细看着她的鼻子，她的下巴，"但她很丑"。随后，我便开始生自己的气，我想象中她的完美形象曾使我感到自卑。而后，我陷入了悲伤。对我来说，更糟的是 M. 曾经爱过这个其貌不扬的女人，在我看来，他对她的爱只会因此而显得愈发强烈。我宁愿她长得漂亮些，以便借平庸但客观的审美层面的原因来解释他对她的依恋。

我不知道如何使用表达情感的语言，并对此"深信不疑"，当我试图使用这种语言时，它给我一种虚假造作的感觉。我只知道描述事物的语言，描述可见的物质性痕迹的语言。（尽管我不断地将这些事物与痕迹转化成词语和抽象的概念。）我想知道，凝视和描写我们的照片，对我而言，是否意味着以某种方式向自己证明他的爱确实存在，也为了在显而易见的事实面前，在照片所构成的物质性证据面前，回避"他爱我吗?"这个我不知道答案的问题。

前九位

彩色墙纸令人难以忍受。房间朝向锌皮屋顶。为了使照明更为柔和，我们在壁灯上罩上了漱口杯，漱口杯外面套了一只浴用毛巾布手套。我担心壁灯会烧起来，连同我们一起。

一天下午，我们回到了南法街，三月在此小住期间我们几乎没来过这里。八十年代，在这个连接着布鲁塞尔证券交易所和鲁佩广场的平民街区里，到处都是漫画书店，现在只有两三个招牌上还画着米老鼠。我想带A. 去我从前经常光顾的那家可丽饼店，但那家店也消失了，取而代之的是一间时髦的酒吧。驶向于克勒区的汽车终点站附近那些脏兮兮的房子已经被重建。门面主义¹³，布鲁塞尔的老癖好。但这并不让我觉得碍事。和

A.一起来布鲁塞尔，也意味着重建这座我选择在此生活的城市，并赋予我的童年从记忆中消逝的力量。

　　七月和十月间，有片空白。那个夏天，我们没拍上几张照片，仅有的那些照片上都看不到我们放在地上的衣物。我们再也看不到的场景因而没有发生过。此外，春天时，我中断了私密日记的写作。因此，没有任何痕迹。

　　我唯一回想起来的画面是在塞尔吉度过的夜晚，还有那令人窒息的炎热天气，给白天带上一轮不真实的光晕。下午，A.会买上一块结实的牛肉，或一条鲜美的鲷鱼。只要房子下面的草坪完全被阴影覆盖，我就开始准备烧烤。花园里有一张漆成白色的铁桌，四张配套的椅子。密室的窗户大开着，以便音乐声可以传过来。每次来这里，我总会提前刻好一张碟，上面存有从网上非法下载的歌曲。标准的爵士乐，法国歌曲，流行音乐。那些夜晚，我们听过几十首歌曲，在我看来，只有寥寥几首歌能使那段时光的本质展露出来。正是在那段炎热且充实的时光里，我们完全远离了世界的进程和那一夏的酷暑。令人迷惑的感觉——在同一个时空中混合着有时是春天录下的，有时是接下来那个冬天录下的歌曲。我唯一确定的是具体歌曲——这首而不是那首——在我们眼中所具有的标志性意义和私人性特征。按时间顺序，也是爱情故事发展的顺序排列，我们排名前九位的歌曲如下：《一个幸福的人》（威廉·舍勒）、《这些愚蠢的事》（布莱恩·费瑞）、《离家》（披头士）、《海不存在》（阿尔·芒格）、《布鲁塞尔》（迪克·安纳加恩）、《那个人》（艾尔顿·约翰）、《我知道》（菲奥娜·艾波）、《今夜》（还是艾尔顿·约翰）、《内心的声音》（克里斯蒂娜·阿奎莱拉）。如此多的歌曲深深地根植于我们的关系中，它们成了我们的向导，以至于一听到这些歌，我注定会想起在塞尔吉度过的时光，直到永远。我熟悉那些歌曲中的每一个节拍，它们中很大一部分在我看来似乎都与地点和氛围完美契合：烛台、新上市的布拉伊丘产区葡萄酒，还有河谷谷底不可见的瓦兹河。塞尔吉老教堂的钟楼每天晚上都灯火通明。有球赛的夜晚，我们会把音响声音开到最大，以便盖住邻居家安装在门廊上的电视里传来的声响。

我们在一起的那些夜晚，想起自己如雕塑一般站在烧烤架前，一手拿着肉串，另一只手拿着吹风机的样子就令我哑然失笑。总之，和两百米或十公里开外那些手持同样工具招摇过市的人比起来，我既不更好，也不更糟。然而，我那套家用烧烤设备所具有的象征意义背后是我身处之地的现实。在我开始使用这套设备之前，它们被暂时搁置在了墙边。已有些生锈的烧烤架看上去很久没人使用了。旁边是一堆极其干燥的木柴，似乎在等待着一团不大可能降临的炉火：很多年前就被蜜蜂择为栖身之所的壁炉早已无法使用。

当我们开始在草地上享用晚餐时，我并不觉得自己在使用这块地方，而是赋予它第二次生命，仿佛自离婚以来，A. 已将她生命中属于消遣和家庭的那部分尘封了起来。也许我这么想是错的。

卧室，圣诞节早晨

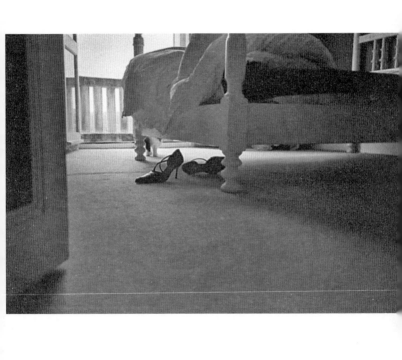

和一个男人的第一次

　　紧贴着地面拍摄的照片。右侧的床只能看到四分之三，漆成白色的床柱和饰有螺纹柱的床头，还有地毯，都有一半处于阴影中。床中央，翻动过的白色羽绒被堆成了山，在山脚处塌陷了下来。光线作用下发白的地毯上，有一只黑色的绑带浅口皮鞋，鞋跟很高，一半在床下，另一半露了出来，像橱窗里展出的那些单件样品一样兀立着。另一只翻倒的鞋完全在床底下的阴影中。画面深处是敞开的落地窗，可以看到阳台的栏杆和远处的天空。地毯和天空有着同样苍白暗淡的色泽，以至于房间都好似飘在天上一样。整个场面散发出平和的气息，像极了那些白色涂料广告册上的画面。在床和落地窗之间，母猫基奥白色的后腿几乎难以觉察。这张相片上没有任何东西属于 M.。

另一个同样温馨的房间——那个冬日里位于居里研究所四楼的病房和这个房间叠合在一起。我现在想起自己曾在那个房间里回忆起堕胎手术后我所在的鲁昂主宫医院的病房，那年我二十三岁。难道我们不能将过去的时光视作一连串嵌套起来的房间，最终直至出生时的那间房，它无比昏暗，像盒式磁带录像机上未录制好的电影一般满屏雪花点。

好几年间，我和丈夫一直在找寻一张理想的床。这张床必须近似于我们在《嘉人》杂志上看到的碧姬·芭铎的床，一张拿破仑三世风格的床，宏伟壮观。在此期间，我们就睡在铺着床垫的床绷上，床绷有四条腿支撑，其中一条断了，取而代之的是一只反扣的平底锅，上面还放着平装版的《缎子鞋》。我每次看见这本书，就会想起纪德的那句话："幸好那不是一双（鞋）。"[14] 我们最终在位于圣安托万郊区街上的一家小店的商品样册上找到了那张床，那是张柱床，床头的雕花立柱几乎可以碰到天花板。这款床产自西班牙，必须要订购。我们等了六个月。当床到了时，我们已经五个月没有同房了，三年之后，我们就分开了。我留下了这张床。这正是照片上的那张床。

青少年时代，我想象着自己在森林、麦田或海边做爱。我无法想象和一个不是你丈夫的男人像父母那样睡在一起，只有妓女和"生活不检点"的女人才会那么做。十七岁时，我一整晚都和一个男孩睡在一张床上。有个短语可以准确地表达出这个事件所具有的力量，及其带来的惊愕感，"惊魂未定"[15]。就该短语的确切词义而言，我再也没有从那里回来，我再也没有从那张床上起来。

第一次和一个男人睡在一起的怪异感。我也许属于初代女性，相较于夫妻同床的习惯，她们更熟悉随遇之床所带来的、接连不断的惊诧。

很长时间以来，展示自己的床并不容易。对于一个女人而言，白天没有铺床曾会被街坊邻居们视作马

虎随便的力证，也准确无误地表明她持家无能，这会
令她在所有人眼中颜面尽失：居然敢不知羞耻地展示
没有叠好、满是褶皱还带有身体上的污渍与印迹的床
单和被单。倘若无法在窗边使劲儿抖动床单和被子，
那就必须**重新（掩）盖好**自己的床。

　　正是在这些没铺好的床上我学会了辨识污渍。所
有女人都是污渍的解读者。洗涤，"根据污渍的性
质"——正如杂志上那些建议里所说的——洗净，使
其"焕然一新"是代代相传下来的责任。

　　我们继续拍摄照片。这是个可以无限延续下去的
活动，因为任何一个场面都与其他场面不同。唯一的
局限就是欲望。但在我看来，我们不再以同样的方式
看待我们发现的景象，促使我们将每个场面固定下来
的痛苦已然消失。拍摄照片已不再是终结之举。最后
一个动作属于写作。纯真无邪的一面消失殆尽。

一个真正的家

看到这张照片，谁能相信这是某个圣诞节的早晨？

一年前，也就是我们见面前几天，我曾给 A. 发过一封邮件，我在邮件里写道自己对年底的节假日并不感兴趣。令我感到不快的不是圣诞节本身，而是围绕着圣诞节的嘈杂且极具商业气息的氛围，以及自十一月中旬以来便开始控制着人们的、狂热的消费欲念。从她回复时的语气看来，很显然，我们的想法一致。我这边已经准备好和即将成为我前任的女友一家——她的女儿、她的父亲、她的外婆和她的阿姨（一位天主教修女）一起庆祝圣诞。令人不愉快的回忆，我感到如此不自在，还得假装心情好，而我们这对恋人却正处在分崩离析的边缘。

我没有关于圣诞节的幸福回忆。自童年以后就没有了。我的祖父母住在巴黎。每年，他们都会前往布鲁塞尔。他们会待上几天。我难以置信地看着他们，就像人们盯着橱窗看一样：展示一个真正家庭的橱窗。我害怕他们不得不再次启程的那一刻。很多年以后，我父亲去世后的十五年间，每年的圣诞夜，我都曾努力使母亲恢复往日的笑颜。我和她都没被这假象所蒙蔽。但我们依旧强颜欢笑。因为没有其他事情可做。

强烈的光线从落地窗照射进来。相片上的任何地方都无法令人感受到寒冷。床脚后面，我们可以猜到是正巧溜到那里的基奥的腿，我在取景器中看到了它，但我想把它和这一刻联系起来，而在其他这样的时刻里，它习惯性地被排除在外。画面上看不到我的衣物，它们也许被放在了永远位于房间尽头左侧的椅子上。床下只有一双 A. 的浅口皮鞋。仿佛我不曾在那里，从世界上消失了一样，一如所有那些没有任何欢乐的圣诞节时我的缺场。然而，同一时刻，在一楼的客厅里，有一棵装饰好的圣诞树，树下放着我们的两双鞋。

卧室，圣诞节早晨，续

这不是我的身体

在作为背景的浅绿色地毯上，一件混有紫色、粉色和黑色的文胸，一双带有宽边蕾丝刺绣的长筒袜和吊袜带缠绕成令人不安的一团，构成一种花状的混合物。放在上面的是一个罩杯翻了过来的文胸，宛如一副大眼镜。吊袜带和细带结成的网状物从这一堆里冒出来，形成个 8 字。旁边是 M. 那件带有白色条纹的黑色 T 恤，后者堆叠起来形成另一朵深色的花，中心还有个白色的小箭头——标签。没有任何其他物品，除了一条属于橘黄色坐垫的宽带。画面上只有私密情色剧场里的道具，它们越来越商业化，越来越平庸，我不愿穿上这身经典的行头坐在车里，害怕一场严重的车祸会将身着细带式内裤和长筒袜的我暴露于众目睽暌之下，写作时我也从不这么穿，仿佛这身装扮会妨碍到我。在我看来，这些内衣总像是一种伪装，或许因为十四岁那年，电影院正在放映《外籍军团》，电影里有一些身穿束腰紧身衣和黑色长筒袜的妓女，看完电影后我用我的泳衣和碎布料勉勉强强将自己打扮成她们中的一员，我想象着自己掀开士兵们所在酒吧的珠帘，在一个男人进来后再将其关上。

面对这张照片，我没有任何感觉。如果必须要说的话，我看到并不是我和我的身体——它留下的残迹构成了那朵花——，而是去年冬天，三泉购物中心奥康达内衣店橱窗里那个身着照片上那套——以黑色为底、带有粉色和紫色花形图案、丽姿·莎美尔牌——内衣（细带式内裤、文胸和吊袜带）的模特儿。

夏季的打折活动已经开始。购物中心的店铺里满是衣服。那天下午，我去了位于地下的 Mango 门店。

在说唱音乐震耳欲聋的节奏声中（因此这种原本用于反抗的音乐现在被用来使女性消费者们陷入催眠状态？），一些妇女和一些很年轻的姑娘们在摆放打折商品的叠层货架前翻搅着，强迫性地把成排挂在陈列架上的裙子一件件地翻看，并连衣架一起拿下来奔跑着挤进试衣间前的等待队伍里。我觉得自己被关进了只有女性的魔窟里。我讨厌这种盲目的忙碌和贪婪，尽管我也曾深受其害，那一刻世界上的任何事情都没有以7折的价格买到一件短款上衣重要。我路过店里唯一的男性——在入口处来回踱步的黑人保安，快步走了出去。我寻思着，打折销售是否是资本主义腐化民众、糟践物品和劳动——报酬如此之低——的一种迷惑人的形式，而打折商品正是这种劳动的产物。我想到云雨过后被我们扔在那里的衣物构成的作品，内心满是温情，它们与这些毫无特色的衣服堆之间的距离是如此遥远。在我看来，给这些离我们如此之近的事物拍照似乎赋予了它们一种尊严，从某种意义上讲，这也是使其成为我们祭服[16]的一种尝试。

　　在罗马银塔广场附近的一条街上，有一家专卖教士服饰的奢华商店，名叫"德西蒂斯"（De Ritis）。左侧的橱窗用来展示男性神职人员的服饰，无比华美的绣花白长衣和祭披，色彩绚丽，有粉色、银色和金色。在右侧用来展示女性神职人员的橱窗里只有便服，不修身且显得笨重的半裙、短款上衣和马甲，有灰色和深蓝色，五十年代外省风格。忠实于自然秩序理论的教会将诱惑力和美预留给男性，正如雄性动物的外表光鲜亮丽，而雌性动物则暗淡无光。元旦前夜，我和M. 看见一位修女在展示女性神职人员服饰的橱窗前停了下来。凝视了几分钟后，她坚定地走了进去，仿佛为一种无法抑制的欲望所驱。我们在店外看着她。柜台前，她让店员拿了件灰色的长袖羊毛开衫给她看看。

镜子里

照片总是撒谎。

度假照片往往会给我留下深刻印象，照片上的夫妇和他们满面笑容的孩子站在一起，那是夏日假期最幸福的时刻。我们对自己说，换作是我们该多好。我们却忘了十天后，照片上的这对夫妇就分开了。接下来的六个月里，他们因孩子的抚养权问题争执不休。这些照片将被从宜家相框中取下来，最终扔进箱底。

对我而言，之前的那张相片再现了孤独，而摄于同一个房间、同一时刻的这张照片却恰恰相反。在橘黄色大坐垫的脚边，A. 的内衣紧挨着我的阿罗裤。这是我们肉体之爱最原始的呈现，内衣的掉落，最终极的开场。我忘记了我的青春时代。

十五岁时，我总穿着让我腿发痒的涤纶长裤。我倚靠在青少年文化中心的栏杆旁，看着我的小同学们久久地站在那里，等着圣-埃克苏佩里社会活动中心开门。我独自待在一边。他们就在那里，聚成一个个小团体，男生在一侧，女生在另一侧。几乎所有人都穿着在售卖美国剩余军用物资的地区商店里淘到的（李维斯）501牛仔裤和卡其色衬衣。我本想加入他们，但我不知道怎么做。身着尼龙衬衣、作文总是得高分的我一下子就被他们排除在外，注定要遭受各种捉弄和刁难。我的梦想：有一条我自己挑选的牛仔裤。我甚至不知道穿着牛仔裤是什么样的，穿在里头有怎样的感觉。只有穿上一套他们的"制服"才能融入他们的团体。

我有多厌恶父亲强加于我的外表，每天晚上入睡前脱掉衣服时，我的身体在我看来就有多不宜于暴露在外。然而，我还是会照镜子，背朝着镜子的我扭着脖子，试图瞟见自己臀部的样子。

照镜子让我害怕。我只看到自己还未发育的瘦弱身体，凸起的肋骨和对于男生而言过于宽大的骨盆。然而，每天晚上，我依然会重复这个动作。我只存在于镜子的反光里，全身赤裸使我最终摆脱了属于学生马力的光鲜外表，摆脱了我父母设想并打造出来的榜样，某种意义上而言，一丝不挂反倒让我振作起来：尽管我眼中的自己如此丑陋，但别人无法看见我的身体，我的身体属于我。

这些照片也一样。它们没有展示我的身体，但我直视着的正是那面镜子。

沙漠玫瑰石，2004 年 1 月 7 日

相片的悖论

一只有着巨大的头部、萎缩的身体、尾部还延伸出一个心状物的黑色野兽，一件折叠成 V 字形的衣物，一只扭成 V 字形的靴子，一块大型的沙漠玫瑰石看上去正沿着一面黄色的墙体坠落。下方是另一只完全堆叠成团的靴子，它早已降落在了近乎白色的地面上。画面没有任何景深，黄色的墙和白色的地面各自延伸，相交。画面上的一切看上去都是平面的，失去了重量和物质性，在漫长且徐缓的下落过程中被拍了下来，就像马塞尔·布鲁瓦尔拍摄的电影版《唐璜》中米歇尔·皮科利饰演的唐璜，伴随着莫扎特的安魂曲旋转着坠入地狱。

（我）感觉 M. 拍摄了一幅画廊里的抽象画。我无法自发地用卧室里的绿色地毯来替换相片上的黄色墙面，早晨的阳光使其直射范围内的地毯发白，并因此将其分成了颜色不同的两块区域，我们的内衣和我那双靴子就散落在那里；我无法在那块沙漠玫瑰石中看到我只在那天穿过的裙子，那条裙子太短了，上面装饰有很多条需要穿过带扣的系带，我很想知道我需要将身体扭曲成怎样才能将其完全脱下。一切都变了样，一切都脱离了肉体。这张照片的悖论：这张旨在赋予我们的爱更多真实感的照片却反倒令其变得不真实。它无法在我心中唤起任何回应。在这张照片上，再没有生命，也没有时间。在这张照片上，我已然死去。

我们的故事

A. 的裙子或许可以给照片命名：沙漠玫瑰石。鉴于裙子的颜色，和它蜷缩起来的外观。这是条不应季的裙子。很短。太短了。我不确定 A. 在另一个晚上也曾穿过这条裙。

为了拍这张照片，我不得不爬上床。当时，照片看上去很美。太美了。这张照片最终蕴含着我们作品的局限：当审美追求占上风时，意义就会缺失。

第一波照片诞生于某个细节。我会就特定的点进行取景，试图在胶片允许范围内将相机的感光性调至最大，从而尽可能地避免使用闪光灯。而且，我的视野也扩大了：那时，我试图抓拍的不再是两件衣物之间的简单反差，不再是自然光照射到鞋皮面上的反光，而是整个场景，以便将戏剧演出——这场我们只为自己演出的戏刚刚落幕——的每个不同层面都收入镜头中。

数月间，A. 拒绝了所有邀请。化疗和放疗让她根本无法出国。只要有可能，我们就动身。就这样，在有限的疗程间隔期内，我们完成了好几次旅行。为了最大限度地享受每一刻，我们必须挽回那些逝去的时光。然而，一旦涉及回法国的问题，我就会意识到我们刚刚经历过的一切都是转瞬即逝的。我再次回到了我那间位于六楼的小公寓里，因无法留住幸福而绝望。

回来后的一天，天气比平日里更阴沉，我把照片重新拿了出来。不是旅行时拍摄的照片，而是（激情时刻过后拍摄的）这些照片。我的悲伤情绪得到了缓解。

在我眼里，若是将这些照片一张接一张连起来，它们就和私密日记一样。一本 2003 年的日记。爱情与

死亡。决定将其公布于众并做成一本书，无异于给我
们故事的一部分贴上封条。

我不知道这些照片是什么。我很清楚它们代表着
什么，但我对它们的用途一无所知。

我知道它们不是什么：壁炉台边上放在相框里的
照片，两旁的相框里有一位父亲、一些肥嘟嘟的婴儿
和一位身着制服的叔祖。

　　从何时起，当想起或说起癌症时，我不再用"我患上了癌症"，而是"我曾得过癌症"？徘徊于两者之间，处于不确定地带的感觉，因为在任何时候我都可能从第二种状态重新回到第一种状态，我的癌症被治愈或复发[17]。但假若依据我去年对大部分人感兴趣的事物表现出的漠然，依据我那时对世界性事件的疏离来丈量癌症的真实感；假若依据这些事件再度在我内心激起的怒火，依据那些多少有点无关紧要但又一次让我挂虑的事情，依据我给自己的未来设定的期限——例如当我购买一台洗碗机时，我会选择五年保修——来丈量癌症的不真实感，我可以说"我曾得过（癌症）"。

数月间，我的身体曾被现有的一切技术 * 完完整整、彻彻底底地研究、拍摄过很多次。现在我意识到自己未曾看见，也未曾想见到身体里面的任何东西，无论它来自我的骨骼还是器官。每次做完检查，我不得不问自己他们又[18]会发现什么。

去年四月，医生摘除了我的导管。一年半的时间里，我一直把这根导管戴在身上，久而久之，它就像件首饰一样，嵌在肩膀附近的皮肤下。我让医生把导管给我，我想要保存起来。这是他第一次听到这样的要求，他笑了："作为纪念？"我把假发套也保存了起来。近来，当我在橱底看到它时，我曾想，我或许再也没有机会在同一时刻如此强烈地感受到我终有一死，且我依然活着。

---

* 乳房 X 光片，乳房穿刺活检，乳房、肝脏、胆囊、膀胱、子宫和心脏的超声检查，肺部 X 光片，骨骼和心脏的闪烁显像，乳房和骨骼的核磁共振，乳房、腹部和肺部的 X 射线断层扫描（即 CT），正电子断层扫描或 PET-CT。我肯定遗落了一部分成像技术。——原注

我再也受不了有虚构人物患癌的小说。也受不了
这样的电影。作者们漫不经心到何种程度才敢杜撰这
些东西。一切在我看来都很虚假，假到令人发笑。

我把所有的照片都铺在客厅桌子上。看上去好像
"妙探寻凶"的游戏，在这个游戏里，我们看不到整个
房子和不同的房间，只能看到地面、隔墙的踢脚板、
房门的下缘和家具的脚。没有凶器，但有重复出现的
打斗过的迹象。我不假思索地给它们拍了张合照。也
许是为了给我自己以攫住某种全体性的错觉。（攫住）
我们故事的全部。但它不在那里。几年后，对我们彼
此而言，这些照片或许再也无法道出些什么，它们不
过是 21 世纪初皮鞋流行样式的见证而已。

很快我们就将交换彼此书写的文字。我害怕知道
他写了些什么。我害怕发现他的相异性，害怕发现我
们在观点上的不同，这些被欲望和共享的日常所遮蔽

的东西，写作一下子就能使其显露出来。写作会使我们分开还是走到一起。

　　我希望他不是因我而写，也不是为我而写，我希望他写作时能脱离我，面向世界。就我而言，在写作时，我未曾想过阅读我所写内容的他，我不知道于他而言我做了什么。我寻思着自己是否仅是通过写作来探求一直以来我对相片以及存在的物质性痕迹的双重迷恋，并将两者联结在一起。对我来说，这种迷恋最是对时间的迷恋。

　　我回想起二月的一个星期天，我手术后的两周，我们在特鲁维尔。一整个下午，我们都躺在床上。天气极冷，阳光明媚。夜幕降临，天空变成了淡紫色。我蹲在 M. 上方，他的头在我的两腿之间，仿佛正从我的肚子里出来。那一刻，我曾想，本应将这场景拍成照片。我已想好了标题，*出生*。

译者注

1. "composition"一词既可指由异质原材料混合而成的组合物，也可以指文艺领域的创作。此处，"composition"一方面用来指涉摄影作品，即脱下的衣物混杂而成的场面；另一方面也指埃尔诺和马力两人就影像创作的文字。

2. 罗夏测验（le test de Rorschach）是1921年时由瑞士籍精神分析学家赫尔曼·罗夏（Hermann Rorschach）设计出来的、用于心理评估的测验，该测验使用了由各种类似于墨迹的色块构成的图像，故又称为"罗夏墨迹测验"。

3. "被剃光头的女性"（les femmes tondues）指的是"二战"期间那些因涉嫌通敌而受到剃发惩罚的法国女性，这也成为了解放运动的有力象征之一。据不完全统计，法国有近两万名妇女因被怀疑与德国士兵"有染"而在民众示威期间被剃光头。

4. 切萨雷·帕韦泽（Cesare Pavese，1908—1950），意大利作家。1950年8月27日，切萨雷·帕韦泽在位于都灵卡洛-菲利斯广场的罗马酒店内自杀。

5. 马克·潘塔尼（Marco Pantani，1970—2004），意大利

职业自行车手，曾赢得过 1998 年第 85 届环法自行车赛和第 81 届环意大利自行车赛，是历史上第七位，也是迄今为止最后一位在同一年获得双冠王的自行车选手。1999 年，他的职业生涯因疑似使用兴奋剂而遭受重创，禁赛事件也加速了其运动生涯的终结。2004 年 2 月，他被发现死在里米尼的一家酒店房间里，死因是过量服用抗抑郁药和可卡因。

6. 现在，法语中更多使用"chaussure"一词来指称鞋子，相比之下"soulier"的使用更多局限于旧时或乡村语境下，指的是可以覆盖整个脚面但不超过脚踝且鞋底相对厚实的鞋子。

7. 因为金属镍很珍贵，所以"镀镍脚"（Les Pieds Nickelés）不适合走路或持续工作，该短语常用来指那些不愿工作的游手好闲之徒。此处，《镀镍脚》或指路易·弗东（Louis Forton）创作的同名连环漫画（又译为《臭皮匠》），漫画中的三个主人公克洛基约尔（Croquignol），费罗查尔（Filochard）和里布尔唐格（Ribouldingue）整日无所事事，好逸恶劳，长于吹牛和骗术。1908 年 6 月，该漫画首刊于《棒极了》（L'Épatant）杂志，并创下了法国漫画最长连载记录：107 年（1908—2015）。

8. 在一篇题为《安妮·埃尔诺：书写人生》的访谈中，埃尔诺对《艺术杂志》（Art Press）的记者解释她母亲这句话的含义：说到我，我的父母会说"这个孩子什么都不算计"，也就是说，她不在乎我们花了多少钱，她的裙子，她的眼镜。参见 https://www.artpress.com/2011/12/22/annie-ernaux-ecrire-la-vie/。

9. 法语原文中引号部分是"nous prendre"，动词原形为

"se prendre"，有双关之意，既指相互拍照，又指男女交欢。

10. 原文中"crypte"加引号，原指某些教堂中用作坟墓的小型地下室或地下的小教堂。此处或已失去了宗教性功能，故译为"密室"。

11. 法语原文中为"il n'y a jamais photo"，类似表达如"il n'y a pas photo"（而不是"il n'y a pas *de* photo"）来自赛马领域，当两匹马几乎同时越过线时，裁判需要通过照片来作出裁决；而相反，当胜负情况非常明显时，则无须借助影像。因此，该短语引申义为"毫无疑问，显而易见"。此处作者斜体处理，或为双关语，一方面强调其表述的"显而易见"，另一方面或直指影像的功能和拍摄照片的动机。

12. 拉丁语，具体意义见下句。

13. 门面主义（le façadisme）是现代城市规划和旧街区重建时常见的做法，即有选择性地保留旧建筑临街的门面，拆除和重建除门面外的剩余部分。

14. 此处作者提及的"纪德"或是记忆上的差误。这句话出自法国知名导演、剧作家萨沙·吉特里（Sacha Guitry）之口。据说，吉特里在观看完保罗·克洛岱尔所著戏剧《缎子鞋》的首次演出后，曾因演出时间过长（至少七小时，亦有长达十一个小时的传闻）而打趣说道："幸好那不是一双（鞋）!"

15. "ne pas en revenir"是法语中约定俗成的短语，指的是异常惊讶，回不过神儿来，而从字面上看，该段语直意为"没有从那里回来"。

16. 直译为"神圣的配饰"，特指被赋予使命的祭司们在进行宗教性仪式时穿着的服装及其配饰。

17. 原文中使用了"remis"这一双关词，既可以指"重新处于某种（此处或为患病状态）状态之下"，也可以指"恢复健康"。

18. 此处"de plus"或又为双关语，一方面指"又一次，还"，另一方面指"多余的（东西）"，暗指癌症的表征，如肿瘤。

图书在版编目(CIP)数据

相片之用/(法)安妮·埃尔诺(Annie Ernaux),
(法)马克·马力(Marc Marie)著;陆一琛译. —上
海:上海人民出版社,2023
ISBN 978-7-208-18330-8

Ⅰ.①相… Ⅱ.①安…②马…③陆… Ⅲ.①短篇小
说-小说集-法国-现代 Ⅳ.①I565.45

中国国家版本馆CIP数据核字(2023)第101194号

责任编辑　赵　伟
封扉设计　e2 works

封面画作来自朱鑫意的"2020"系列作品

相片之用

[法]安妮·埃尔诺 [法]马克·马力 著
陆一琛 译

出　　版　**上海人民出版社**
　　　　　(201101　上海市闵行区号景路159弄C座)
发　　行　上海人民出版社发行中心
印　　刷　苏州工业园区美柯乐制版印务有限责任公司
开　　本　787×1092　1/32
印　　张　5.75
插　　页　6
字　　数　69,000
版　　次　2023年11月第1版
印　　次　2023年11月第1次印刷
ISBN 978-7-208-18330-8/I·2087
定　　价　48.00元

L'Usage de la photo

Annie Ernaux et Marc Marie

© Éditions Gallimard, Paris, 2005

© Annie Ernaux et Marc Marie for the photos

Simplified Chinese translation copyright

© Shanghai People's Publishing House, 2023

本书禁止在中国大陆以外的地区销售

2022 年诺贝尔文学奖"安妮·埃尔诺作品集"

已出版

《一个男人的位置》

《一个女人的故事》

《一个女孩的记忆》

《年轻男人》

《占据》

《羞耻》

《简单的激情》

《写作是一把刀》

《相片之用》

《外面的生活》

《如他们所说的，或什么都不是》

《我走不出我的黑夜》

《看那些灯光，亲爱的》